El caballo y el muchacho

Las CRÓNICAS de NARNIA®

C. S. LEWIS

El caballo y el muchacho

Traducción de Gemma Gallart
Ilustraciones de Pauline Baynes

DESTINO INFANTIL & JUVENIL
destinojoven@edestino.es
www.destinojoven.com
Destino Infantil & Juvenil es un sello de Editorial Planeta, S. A.

Título original: *The horse and his boy*

© del texto: CS Lewis Pte Ltd 1954
Ilustraciones de interior de Pauline Baynes, © CS Lewis Pte Ltd 1954
Ilustración de cubierta de Cliff Nielsen, © CS Lewis Pte Ltd 2002
© de la traducción: Gemma Gallart, 2005
© Editorial Planeta, S. A., 2005
Avda. Diagonal, 662-664. 08034 Barcelona
Primera edición: julio de 2005
ISBN: 84-08-06265-4
Depósito legal: B. 34.163-2005
Impreso por Cayfosa Quebecor
Impreso en España - Printed in Spain

Para David y Douglas Gresham

ÍNDICE

Monte Pire

Anvard

Cañada ango

DESIERT

Roca

N
O E
S

Pico de las Tormentas

Desfiladero
acia Narnia

ARCHENLAND

Río Flecha Sinuosa

Oasis

DESIERTO

Tumbas

Tashbaan

CAPÍTULO 1

—❦❦❦—

Shasta emprende un viaje

Éste es el relato de una aventura que sucedió en Narnia y Calormen, y en los territorios situados entre ambos países, en la época dorada, cuando Peter era Sumo Monarca de Narnia y su hermano y sus dos hermanas eran rey y reinas bajo su gobierno.

En aquellos tiempos, en una pequeña ensenada situada casi en el extremo sur de Calormen, vivía un pobre pescador llamado Arsheesh, y con él vivía un muchacho que lo llamaba padre. El nombre del muchacho era Shasta. Casi todos los días Arsheesh salía en su bote a pescar por la mañana, y por la tarde enganchaba su asno a un carro, cargaba el carro de pescado y recorría casi dos kilómetros en dirección sur hasta el pueblo para venderlo. Si había conseguido que se lo compraran a buen precio, regresaba a casa más o menos de buen humor y no le decía nada a Shasta, pero si no había obtenido las ganancias esperadas, se dedicaba a censurar todo lo que el muchacho hacía y a veces incluso le pegaba. Siempre había algo que criticar ya que Shasta tenía trabajo en abundancia: reparar y lavar las redes, preparar la cena y limpiar la cabaña en la que ambos vivían.

Shasta no sentía el menor interés por lo que estaba situado al sur de su hogar porque en una o dos ocasiones había estado en el pueblo con Arsheesh y sabía que allí no había nada interesante. En el pueblo sólo encontraba a otros hombres que eran iguales a su padre: hombres con largas túnicas sucias, zapatos de madera con las puntas vueltas hacia arriba, turbantes en las cabezas y el rostro barbudo, que hablaban entre sí muy despacio sobre cosas que parecían aburridas. Sin embargo, sí le atraía en gran medida todo lo que se encontraba al norte, porque nadie iba jamás en aquella dirección y a él tampoco le permitían hacerlo. Cuando estaba sentado en el exterior remendando redes, y totalmente solo, a menudo dirigía ansiosas miradas en aquella dirección. No se veía nada, a excepción de una ladera cubierta de hierba que se alzaba hasta una loma baja y, más allá, el cielo y tal vez unas cuantas aves en él.

En ocasiones, si Arsheesh estaba allí, Shasta decía:

—Padre mío, ¿qué hay al otro lado de la colina? Y entonces, si estaba de malhumor, el pescador abofeteaba al muchacho y le decía que fuera a ocuparse de su trabajo. O, si se hallaba de un humor apacible, respondía:

—Hijo mío, no permitas que tu mente se distraiga con preguntas ociosas. Pues uno de los poetas ha dicho: «La dedicación al trabajo es la base de la prosperidad, pero aquellos que hacen preguntas que no les conciernen están dirigiendo la nave del desatino hacia la roca de la indigencia».

Shasta pensaba que al otro lado de la colina debía de existir algún magnífico secreto que su padre deseaba ocultarle. En realidad, no obstante, el pescador hablaba de aquel modo porque no sabía qué había al norte; ni le importaba. Poseía una mentalidad muy práctica.

Un día llegó del sur un extranjero que no se parecía a ningún hombre que Shasta hubiera visto antes. Montaba un recio caballo tordo de ondulantes crines y cola, y sus estribos y brida estaban adornados con incrustaciones de plata. La púa de un yelmo sobresalía de la parte central de su turbante de seda y llevaba una cota de malla. De su costado pendía una curva cimitarra; un escudo redondo tachonado con adornos de cobre colgaba a su espalda, y su mano derecha sujetaba una lan-

za. Su rostro era oscuro, pero eso no sorprendió a Shasta porque el de todos los habitantes de Calormen lo era; lo que sí lo sorprendió fue la barba del desconocido, que estaba teñida de color carmesí, y era rizada y relucía bañada en aceite perfumado. No obstante, Arsheesh sí sabía, por el oro que el extranjero lucía en el brazo desnudo, que se trataba de un tarkaan o gran señor y se inclinó arrodillándose ante él hasta que su barba tocó la tierra, e hizo señas a Shasta para que se arrodillara también.

El desconocido exigió hospitalidad para aquella noche, cosa que, desde luego, el pescador no se atrevió a negar. Todo lo mejor que tenían fue colocado ante el tarkaan para que cenara, aunque a éste no le pareció gran cosa, y como sucedía siempre que el pescador tenía compañía, a Shasta le dieron un pedazo de pan y lo echaron de la cabaña. En ocasiones como aquélla el niño acostumbraba a dormir con el asno en su pequeño establo de tejado de paja; pero era aún muy temprano para irse a dormir, y Shasta, al que jamás habían enseñado que estaba mal escuchar detrás de las puertas, se sentó en el suelo con la oreja pegada a una rendija de la pared de madera de la cabaña para escuchar lo que hablaban los adultos. Y esto fue lo que oyó:

—Y ahora, anfitrión mío —dijo el tarkaan—, me gustaría comprar a ese chico tuyo.

—Pero mi señor —respondió el pescador; y Shasta adivinó por su tono zalamero la expresión codiciosa que probablemente estaría apareciendo en su rostro mientras lo decía—, ¿qué precio podría inducir a este siervo vuestro a vender como esclavo a su único hijo y carne de su carne? ¿Acaso no ha dicho uno de los poetas: «El afecto innato es más fuerte que la sopa y la progenie, más preciosa que los rubíes»?

—Así es —respondió el invitado con sequedad—, pero otro poeta ha dicho también: «Aquel que intenta engañar al juicioso desnuda al hacerlo la propia espalda para el látigo». No cargues tu anciana boca con falsedades. Está bien claro que este muchacho no es hijo tuyo, pues tus mejillas son tan negras como las mías mientras que el muchacho es rubio y blanco como los odiosos pero hermosos bárbaros que habitan en el lejano norte.

—¡Qué bien se ha dicho —respondió el pescador— que las espadas pueden mantenerse alejadas mediante escudos pero que el ojo de la sabiduría atraviesa todas las defensas! Debéis saber entonces, mi formidable invitado, que debido a mi extrema pobreza no me he casado jamás y no tengo hijos. Pero en aquel mismo año en que el Tisroc, que viva eternamente, inició su augusto y benéfico reinado, una noche en que la luna estaba llena, complació a los dioses privarme de mi sueño. Por consiguiente me alcé de mi lecho en esta casucha y fui a la playa para refrescarme contemplando el agua y la luna y respirando el aire fresco. Al poco tiempo escuché un ruido como de remos que se acercaban hacia mí por el agua y luego, como si dijéramos, un débil grito. Y poco después, la marea llevó a tierra un pequeño bote en el que no había más que un hombre flaco por el hambre y la sed extremas que parecía recién fallecido, pues aún estaba caliente, y junto a él, un odre vacío y un niño todavía vivo. «Sin duda —me dije—, estos desdichados han escapado del naufragio de un gran barco, pero por los admirables designios de los dioses, el mayor se ha dejado morir de hambre para mantener al niño con vida y ha perecido al avistar tierra.» En consecuencia, recordando que los dioses nunca dejan de recompensar a aquellos que ayudan a los menesterosos, e impulsado por la compasión, pues vuestro siervo es un hombre de corazón tierno...

—Omite todas estas palabras fútiles en tu propia alabanza —interrumpió el tarkaan—. Ya es suficiente con saber que te llevaste al niño, y has obtenido de él, en trabajo, diez veces el valor del pan que consume cada día, como cualquiera puede ver. Y ahora dime inmediatamente qué precio le pones, pues estoy cansado de tu locuacidad.

—Vos mismo habéis dicho muy sabiamente —respondió Arsheesh— que el trabajo del muchacho me ha sido de un valor incalculable. Esto debe tomarse en cuenta en el momento de fijar el precio; pues si vendo al muchacho tendré sin duda que comprar o alquilar a otro para que realice su trabajo.

—Te daré quince mediaslunas por él —dijo el tarkaan.

—¡Quince! —exclamó Arsheesh con una voz que era una mezcla de gimoteo y alarido—. ¡Quince! ¡Por el puntal de mi vejez y deleite de mis ojos! No os burléis de mi barba gris, por muy tarkaan que seáis. Mi precio es setenta.

En aquel punto Shasta se puso en pie y se marchó de puntillas. Había oído todo lo que deseaba, pues a menudo había escuchado cuando los hombres regateaban en el pueblo y sabía cómo se llevaba a cabo. Estaba seguro de que Arsheesh lo vendería finalmente por una cantidad mucho mayor que quince mediaslunas y mucho menor que setenta, pero que él y el tarkaan tardarían horas en alcanzar un acuerdo.

No debes imaginar que Shasta se sentía en absoluto como tú o yo nos sentiríamos si acabáramos de oír por casualidad a nuestros padres hablando de vendernos como esclavos. En primer lugar, su vida no era mucho mejor que la de un esclavo; por lo que él sabía, el noble extranjero que montaba aquel magnífico caballo bien podría ser más bondadoso con él que Arsheesh. Por otra parte, el relato sobre cómo había sido encontrado en el bote lo había llenado de emoción y le había proporcionado una sensación de alivio. Siempre se había sentido inquieto porque, por mucho que lo intentara, jamás había podido querer al pescador, y sabía que un muchacho debía amar a su padre. Y ahora, al parecer, resultaba que no estaba en absoluto emparentado con Arsheesh, lo que le quitó un gran peso de encima.

«¡Vaya, pues si podría ser cualquiera! —pensó—. ¡Podría ser el hijo de un tarkaan... o el hijo del Tisroc, que viva eternamente... o de un dios!»

Mientras pensaba en todo aquello permanecía de pie, inmóvil, en la zona cubierta de hierba situada frente a la cabaña. El crepúsculo descendía rápidamente y una estrella o dos brillaban ya, pero los restos de la puesta de sol aún podían contemplarse en el oeste. No muy lejos, el caballo del forastero pastaba atado holgadamente a una argolla de hierro sujeta a la pared del establo del asno. Shasta fue hasta él y le palmeó el cuello. El animal siguió arrancando hierba sin prestarle ninguna atención.

Entonces otra idea pasó por la mente del muchacho.

—Me pregunto qué clase de hombre es ese tarkaan —dijo en voz alta—. Sería espléndido si fuera amable. Algunos de los esclavos de la casa de un gran señor no tienen prácticamente nada que hacer, y visten con ropas preciosas y comen carne a diario. Tal vez me llevaría a la guerra y yo le salvaría la vida en una batalla. Entonces él me concedería la libertad, me adoptaría como hijo suyo y me daría un palacio, una cuadriga y una armadura. Claro que también podría ser un hombre horriblemente cruel. Podría enviarme a trabajar a los campos encadenado. Ojalá lo supiera. ¿Cómo puedo saberlo? Seguro que el caballo lo sabe, si al menos pudiera decírmelo.

El caballo alzó la cabeza, y Shasta le acarició el hocico, suave como la seda, mientras decía:

—Ojalá pudieras hablar, amigo.

Y entonces por un segundo le pareció estar soñando, pues con toda claridad, aunque en voz baja, el animal respondió:

—¡Claro que puedo!

Shasta clavó la mirada en los enormes ojos del animal y los suyos se abrieron hasta volverse casi igual de grandes, debido a la sorpresa.

—¿Cómo has aprendido a hablar?

—¡Chist! No tan fuerte —respondió el caballo—. En el lugar del que yo vengo, casi todos los animales hablan.

—¿Dónde está eso? —inquirió Shasta.

—En Narnia —respondió él—. El feliz país de Narnia; Narnia, la de las montañas cubiertas de brezos y las colinas llenas de tomillo; Narnia, la de los muchos ríos, las cañadas cenagosas, las cavernas llenas de musgo y los espesos bosques en los que resuenan los martillos de los enanos. ¡Ay, la dulce brisa de Narnia! Una hora de vida allí es mucho mejor que mil años en Calormen. —Finalizó su declaración con un relincho que sonó muy parecido a un suspiro.

—¿Cómo llegaste aquí?

—Fui secuestrado —respondió el caballo—, o robado o capturado, como prefieras llamarlo. Entonces no era más que un potro. Mi madre me advirtió que no vagara por la laderas meridionales, que conducen al interior de Archenland y más allá, pero no le hice caso. Y por la Melena del León que he pagado por mi insensatez. Durante todos estos años he sido esclavo de los humanos, ocultando mi auténtica naturaleza y fingiendo ser mudo y bobo como sus caballos.

—¿Por qué no les dijiste quién eras?

—No soy tonto, ése es el motivo. Si hubieran

descubierto en algún momento que sabía hablar me habrían exhibido en ferias y custodiado con más cuidado que nunca. Mi última esperanza de huir habría desaparecido.

—¿Y por qué...? —empezó Shasta, pero el caballo lo interrumpió.

—Mira —dijo—, no debemos malgastar tiempo en preguntas ociosas. Quieres averiguar cosas sobre mi amo el tarkaan Anradin. Bueno, pues es malo. No muy malo conmigo, pues un caballo de guerra cuesta demasiado para que lo traten muy mal. No obstante, sería mucho mejor para ti morir esta noche que partir mañana para convertirte en un esclavo humano en su casa.

—En ese caso será mejor que huya —declaró Shasta, palideciendo por el terror.

—Sí, será lo mejor —indicó el caballo—; pero ¿por qué no huyes conmigo?

—¿Vas a huir también?

—Sí, si vienes conmigo —respondió el corcel—. ¡Es nuestra oportunidad! Verás, si huyo sin un jinete, todos los que me vean dirán «un caballo perdido» y saldrán en mi persecución a toda velocidad. Con un jinete tengo posibilidades de conseguirlo. Ahí es donde puedes ayudarme. Por otra parte, tú no puedes llegar muy lejos con esas dos absurdas piernas tuyas, pues ¡hay que ver qué patas tan absurdas tenéis los humanos!, sin que te alcancen. Sin embargo, montado en mí puedes dejar atrás a cualquier otro caballo de este país. Ahí es donde puedo ayudarte yo. A propósito, ¿supongo que sabes montar?

—Sí, desde luego —respondió él—. Al menos he montado en el asno.

—¿Montado en «qué»? —replicó el caballo con sumo desdén.

Eso fue, al menos, lo que intentó transmitir, aunque en realidad surgió en forma de una especie de relincho: «¿Montado en quéeeee?», pues los caballos parlantes siempre adquieren un acento más «caballuno» cuando se enojan.

—En otras palabras —prosiguió—: no sabes montar. Eso es un inconveniente. Tendré que enseñarte mientras nos movemos. Si no sabes montar, ¿sabes caer por lo menos?

—Supongo que cualquiera sabe caer.

—Me refiero a si sabes caer y levantarte sin llorar y volver a montar y volver a caer pero no tener miedo a caerte de nuevo.

—Lo... lo intentaré —respondió Shasta.

—Pobre chiquillo —dijo el caballo en un tono más afable—. Olvido que no eres más que un potro. Con el tiempo llegaremos a convertirte en un magnífico jinete. Y ahora, no debemos ponernos en marcha hasta que esos dos de la cabaña duerman. Entretanto podemos hacer nuestros planes. Mi tarkaan va de camino al norte, hacia la gran ciudad, hacia la misma Tashbaan y la corte del Tisroc...

—Vaya —intervino Shasta en un tono de voz más bien escandalizado—, ¿no deberías añadir «que viva eternamente»?

—¿Por qué? —inquirió el otro—. Soy un narniano libre. ¿Por qué debería hablar como hablan los esclavos y los estúpidos? No deseo que viva para siempre, y sé que no va a vivir eternamente, tanto si yo lo deseo como si no. Y observo que también tú procedes de las tierras libres del norte. ¡Se acabó esa jerga del sur entre tú y yo! Y ahora, de vuelta a nuestros planes. Como dije, mi humano va de camino al norte, a Tashbaan.

—¿Significa eso que sería mejor que fuéramos hacia el sur?

—Creo que no. Verás, cree que soy mudo y bobo como sus otros caballos. Ahora bien, si realmente lo fuera, en cuanto estuviera suelto regresaría a casa, a mi establo y cercado, de vuelta a su palacio, que se encuentra a dos días de viaje hacia el sur. Ahí es donde me buscará. Jamás imaginará que haya podido marchar al norte por iniciativa propia; y, de todos modos, probablemente pensará que alguien del último pueblo que lo vio pasar nos ha seguido hasta aquí y me ha robado.

—¡Es magnífico! —exclamó Shasta—. Entonces iremos hacia el norte. He anhelado ir al norte toda mi vida.

—No me extraña —respondió el caballo—. Eso se debe a la sangre que llevas dentro. Estoy seguro de que perteneces al norte. Pero no hablemos demasiado fuerte. Creo que no tardarán en dormirse.

—Será mejor que regrese sigilosamente y eche un vistazo —sugirió Shasta.

—Buena idea; pero ten cuidado de que no te atrapen.

Estaba mucho más oscuro ya y reinaba un gran silencio, excepto por el sonido de las olas sobre la playa, que Shasta apenas percibía debido a que lo había oído día y noche desde que era capaz de recordar. Cuando se acercó a la cabaña, no se veía en ella ninguna luz; tampoco oyó sonido alguno. Dio la vuelta hasta la única ventana y allí captó, tras un segundo o dos, el familiar sonido del chirriante ronquido del anciano pescador. Resultaba gracioso pensar que si todo salía bien no tendría que volver a oírlo jamás. Conteniendo la respiración y sintiéndose un poco triste, aunque la tristeza era mucho menor que la alegría que experimentaba, Shasta se alejó con sigilo sobre la hierba y fue hasta el establo del asno, tanteó la pared hasta localizar el lugar donde sabía que estaba oculta la llave, abrió la puerta y localizó la silla y brida del caballo, que se habían depositado allí hasta el día siguiente. Inclinándose al frente, besó el hocico del asno.

—Siento que no podamos llevarte con nosotros —dijo.

—Por fin has llegado —lo reprendió el caballo cuando el muchacho regresó junto a él—. Empezaba a preguntarme qué te había sucedido.

—Estaba sacando tus cosas del establo —respondió él—. Y ahora, ¿puedes decirme cómo colocarlas?

Durante los minutos siguientes Shasta estuvo ocupado en aquella tarea, trabajando con sumo cuidado para evitar tintineos, mientras el caballo le daba instrucciones tales como: «Tensa esa cincha un poco más», o «Encontrarás una hebilla un poco más abajo», o «Tendrás que acortar bastante esos estribos». Cuando hubo terminado le indicó:

—Bien; tendremos que poner las riendas para aparentar, pero no las usarás. Átalas al arzón: muy flojas para que pueda hacer lo que quiera con la cabeza. Y, recuerda: no debes tocarlas.

—¿Para qué son, entonces? —inquirió Shasta.

—Por lo general para guiarme —respondió él—; pero como pienso ser yo el guía en este viaje, te agradeceré que mantengas las manos quietas. Y una cosa más: no pienso permitir que te agarres a mis crines.

—Pero si no puedo sujetarme a las riendas ni a tus crines, ¿cómo voy a aguantarme?

—Sujétate con las rodillas —respondió el caballo—. Ése es el secreto de la buena equitación. Agarra mi cuerpo entre tus rodillas con tanta fuerza como puedas; siéntate bien recto, tieso como un palo; mantén los codos pegados al cuerpo. Y a propósito, ¿qué has hecho con las espuelas?

—Ponérmelas en los tacones, claro —dijo Shasta—. Eso sí lo sé.

—En ese caso, ya te las puedes quitar y guardarlas en la alforja. Tal vez podamos venderlas cuando lleguemos a Tashbaan. ¿Listo? Ahora creo que ya puedes montar.

—¡Vaya! Eres tremendamente alto —jadeó Shasta tras su primer e infructuoso intento.

—Soy un caballo, eso es todo —fue la repuesta que recibió—. Pero ¡cualquiera pensaría que soy un pajar por el modo en que intentas subirte a mí! Ya, eso está mejor. Ahora siéntate con la espalda recta y recuerda lo que te he dicho sobre las rodillas. ¡Resulta gracioso pensar que yo, que he conducido cargas de caballería y ganado carreras, lleve a un saco de avena como tú sobre la silla! De todos modos, ahí vamos. —Rió por lo bajo, aunque no con rudeza.

Y hay que reconocer que inició su viaje nocturno con gran cautela. En primer lugar se dirigió al sur de la cabaña del pescador, hasta el riachuelo que se introducía en el mar, y tuvo buen cuidado de dejar en el barro unas cuantas marcas de cascos muy claras que señalaran al sur. No obstante, en cuanto se hallaron en el centro del vado giró corriente arriba y vadeó hasta que estuvieron a unos cien metros tierra adentro más allá de la cabaña. Entonces seleccionó un trecho de orilla lleno de grava en el que no se marcarían las huellas de su paso y salió del agua por el lado norte. A continuación, todavía al paso, marchó en esa dirección hasta que la cabaña, el solitario árbol, el establo del asno y la cala —de hecho, todo lo que Shasta había conocido en su vida— desaparecieron de la vista bajo la gris oscuridad de la noche veraniega. Habían estado yendo cuesta arriba y se encontraban ya en lo alto de la loma; la loma que había sido siempre la frontera del mundo que Shasta conocía. No pudo ver qué había al frente, excepto que era un vasto terreno de campo abierto y cubierto de pastos. Parecía infinito: salvaje, solitario y libre.

—¡Vaya! —comentó el caballo—. Tremendo lugar para un galope, ¿eh?

—Espera un poco —protestó Shasta—. Aún no. No sé cómo... por favor, caballo. No sé cómo te llamas.

—Breejy-jinny-brinny-joojy-ja —respondió él.

—Jamás conseguiré decir eso —dijo el muchacho—. ¿Puedo llamarte Bree?

—Bueno, si es lo único que sabes decir, ¡qué le vamos a hacer! Y ¿cómo tengo que llamarte yo?

—Mi nombre es Shasta.

—Hum —repuso Bree—. Pues vaya, ese sí que es un nombre difícil de pronunciar. Pero hablemos del galope. Es mucho más fácil que trotar si sabes cómo hacerlo; no tienes que ir rebotando sobre la silla. Aprieta las rodillas y mantén los ojos justo al frente por entre mis orejas. No mires al suelo. Si te parece que te vas a caer, limítate a apretar las rodillas con más fuerza y a sentarte más erguido. ¿Listo? Ahora: hacia Narnia y el norte.

CAPÍTULO 2

Una aventura en el camino

Era casi mediodía del día siguiente cuando a Shasta lo despertó algo caliente y blando que se movía sobre su rostro. Abrió los ojos y se topó de bruces con el rostro alargado de un caballo; el hocico y los labios del animal casi lo tocaban. Recordó los emocionantes acontecimientos de la noche anterior y se sentó en el suelo; pero al hacerlo profirió un gemido.

—Uf, Bree —jadeó—, estoy dolorido. Me duele todo el cuerpo. Apenas puedo moverme.

—Buenos días, pequeño —dijo Bree—. Ya temía que pudieras sentirte un poco entumecido. No puede ser por las caídas. No caíste más de una docena de veces, y siempre sobre deliciosa, suave y mullida hierba en la que caer casi debió de ser un placer. Además, la única que podría haber sido molesta la paró aquel matorral de aulagas. No: es

31

montar en sí lo que resulta más duro al principio. ¿Qué tal algo de desayuno? Yo ya he tomado el mío.

—¡A quién le importa el desayuno! No estoy de humor para nada —respondió Shasta—. Te digo que no puedo moverme.

Pero el caballo fue dándole suaves golpecitos con el hocico y un casco hasta que se vio obligado a levantarse. Y entonces miró a su alrededor y vio donde estaban. A su espalda se extendía un bosquecillo; ante ellos el pastizal, salpicado de flores blancas, descendía hasta la cresta de un acantilado. A lo lejos, por debajo de ellos, de modo que el sonido del romper de las olas llegaba muy amortiguado, estaba el mar. Shasta no lo había contemplado jamás desde tal altura y tampoco había visto tal extensión de él, ni imaginado los muchos colores que tenía. A ambos lados, la costa se perdía en la lejanía, promontorio tras promontorio, y en algunos puntos se veía cómo la blanca espuma corría sobre las rocas pero sin hacer ningún ruido debido a la distancia a la que se hallaba. En lo alto volaban las gaviotas y el calor se estremecía a ras de suelo; era un día deslumbrante. Sin embargo, lo que el muchacho advirtió principalmente fue el aire. No se le ocurría qué faltaba, hasta que por fin se dio cuenta de que no olía a pescado. Pues desde luego, ni en la cabaña ni entre las redes había estado jamás lejos de aquel olor. Y aquel aire nuevo resultaba tan delicioso, y toda su antigua vida parecía tan lejana, que olvidó por un momento las magulladuras y los músculos doloridos y dijo:

—Oye, Bree, ¿qué decías sobre el desayuno?

—Ah, sí —respondió éste—. Creo que encontrarás algo en las alforjas. Están ahí, en aquel árbol, donde las colgaste anoche... o más bien a primera hora de esta mañana.

Investigaron las alforjas y los resultados fueron prometedores; una empanada de carne, sólo ligeramente rancia, un bloque de higos secos y otro de queso, un frasquito de vino y algo de dinero; unas cuarenta mediaslunas en total, lo que era más de lo que Shasta había visto jamás.

Mientras el muchacho se sentaba —dolorosa y cautelosamente— con la espalda recostada en un árbol y empezaba con la empanada, Bree tomó unos cuantos bocados más de hierba para hacerle compañía.

—¿No será «robar» utilizar el dinero? —preguntó Shasta.

—Vaya —dijo el caballo, alzando la cabeza con la boca llena de hierba—. No se me había ocurrido. Ni los caballos libres ni los caballos parlantes deben robar, desde luego. Pero no creo que esto sea hacerlo. Somos prisioneros y cautivos en territorio enemigo. Ese dinero es un botín, un botín de guerra. Además ¿cómo vamos a conseguir comida para ti sin él? Supongo que, como todos los humanos, no comes comida natural como hierba y avena.

—No.

—¿Las has probado alguna vez?

—Sí, una. No consigo tragar la hierba. Tú tampoco podrías si fueras yo.

—Vosotros los humanos sois unas criaturas raras —comentó Bree.

Cuando Shasta hubo finalizado su desayuno —que fue de lejos el mejor que había comido—, Bree indicó:

—Creo que me daré un buen revolcón antes de que vuelvas a colocarme esa silla. —Y procedió a hacerlo—. Fantástico. Realmente fantástico —declaró, frotándose la espalda contra la hierba mientras agitaba las cuatro patas en el aire—. Tú también deberías darte uno, Shasta —resopló—. Resulta de lo más placentero.

—¡Qué gracioso resultas tumbado sobre el lomo! —exclamó Shasta, echándose a reír.

—No estoy de acuerdo —declaró Bree.

Pero a continuación rodó sin más sobre un costado, alzó la cabeza y miró con fijeza al muchacho, resoplando ligeramente.

—¿Esto te parece gracioso? —inquirió con voz ansiosa.

—Sí, sí me parece —respondió Shasta—, pero ¿qué importa eso?

—¿Acaso crees que es algo que los caballos parlantes no hacen nunca?... ¿Un truco bobo y torpe que he aprendido de los caballos mudos? Resultaría espantoso descubrir, cuando regrese a Narnia, que he adquirido una gran cantidad de costumbres vulgares y malas. ¿Qué crees tú, Shasta? Dilo con toda franqueza. No intentes evitar herir mis sentimientos. ¿Crees que los auténticos caballos libres, los que hablan, se revuelcan?

—¿Cómo podría saberlo? De todos modos, yo en tu lugar no me preocuparía por eso. Primero hemos de llegar allí. ¿Conoces el camino?

—Sé llegar hasta Tashbaan. Después está el desierto. Ya nos las arreglaremos allí, no temas. Porque entonces tendremos las montañas septentrionales a la vista. ¡Piénsalo! ¡Narnia y el norte nos esperan! Nada nos detendrá, aunque me alegraré cuando hayamos dejado atrás Tashbaan. Tú y yo estamos más seguros lejos de las ciudades.

—¿No podemos esquivarla?

—No sin recorrer un buen trecho tierra adentro, y eso nos conduciría a campos de cultivo y carreteras principales; y no sabría por dónde ir. No, lo que haremos será ir siguiendo tranquilamente la línea de la costa. Aquí arriba, en los valles, sólo encontraremos ovejas, conejos, gaviotas y unos pocos pastores. Y a propósito, ¿qué tal si nos ponemos en marcha?

A Shasta le dolían horrores las piernas mientras ensillaba a Bree y montaba, pero el caballo se mostró amable con él y avanzó a un paso tranquilo toda la tarde. Cuando llegó el atardecer descendieron siguiendo escarpados senderos hasta el interior de un valle y encontraron un pueblo. Antes de llegar a él Shasta desmontó y entró a pie para comprar una hogaza de pan, algunas cebollas y rábanos. El caballo dio un rodeo por los campos de cultivo bajo el crepúsculo y se reunió con Shasta en el otro extremo. Aquello se convirtió en su plan de acción habitual cada dos noches.

Fueron días magníficos para Shasta, y cada uno era mejor que el anterior, a medida que sus músculos se endurecían y se caía con menor frecuencia; de todos modos, incluso al final de su adiestramiento Bree siguió diciendo que montaba igual que un saco de harina.

—Incluso aunque fuera seguro, jovencito, me avergonzaría que me vieran contigo en el camino principal.

A pesar de sus rudas palabras, Bree era un maestro paciente. Nadie puede enseñar a montar tan bien como un caballo, y Shasta aprendió a trotar, a ir a medio galope, a saltar y a mantenerse en la silla incluso cuando Bree frenaba en seco o giraba inesperadamente a la izquierda o la derecha; lo que, como le indicó el caballo, era algo que uno podía tener que hacer en cualquier momento en una batalla. Y entonces, claro, Shasta quiso saber cosas sobre las batallas y las guerras en las que Bree había llevado sobre su lomo al tarkaan. El corcel le habló de marchas forzadas y ríos veloces que había tenido que vadear, de cargas y feroces combates entre caballerías en los que los caballos de guerra peleaban igual que los hombres, pues eran todos fieros sementales, adiestrados para morder y cocear, y alzarse en el momento adecuado de modo que el peso del caballo así como el del jinete cayeran sobre la cimera del enemigo en el momento de asestar un golpe con la espada o el hacha de guerra. Sin embargo, el caballo no deseaba hablar sobre las batallas tan a menudo como quería Shasta.

—No hables de ellas, jovencito —acostumbraba a decir—. Son sólo las guerras del Tisroc y luché en ellas como una bestia esclava y bobalicona. ¡Dame las guerras narnianas en las que pelearé como caballo libre entre mi propia gente! Ésas serán guerras dignas de mención. ¡Narnia y el norte! ¡Bra-ja-ja! ¡Bro-jójo!

Shasta no tardó en aprender que, cuando Bree hablaba de aquel modo, debía prepararse para un galope.

Después de haber viajado durante semanas y más semanas, dejando atrás más bahías, cabos, ríos y pueblos de los que Shasta era capaz de recordar, llegó una noche iluminada por la luz de la luna en la que iniciaron el viaje tras ponerse el sol, y haber dormido durante el día. Habían dejado atrás las lomas y atravesaban una extensa llanura con un bosque a una distancia de un kilómetro a su izquierda. El mar, oculto por bajas dunas de arena, se hallaba aproximadamente a la misma distancia a su derecha. Llevaban más o menos una hora de paso tranquilo, trotando en ocasiones y otras al paso, cuando Bree se detuvo de repente.

—¿Qué sucede? —preguntó Shasta.

—¡Chist! —ordenó el caballo, estirando el cuello para mirar hacia atrás al tiempo que agitaba las orejas—. ¿Has oído algo? Escucha.

—Parece otro caballo; entre nosotros y el bosque —indicó Shasta después de haber aguzado el oído durante un minuto.

—Sí que es otro caballo —corroboró Bree—. Y eso es lo que no me gusta.

—¿No será un granjero que regresa tarde a casa? —sugirió el muchacho con un bostezo.

—Pero ¿qué dices? —exclamó Bree—. No puede ser un granjero a caballo. Tampoco se trata del caballo de un granjero. ¿No lo distingues por el sonido? Ese caballo tiene categoría. Y lo monta un auténtico jinete. Te diré lo que es, Shasta. Hay un tarkaan en el linde de ese bosque. Y no va montado en un caballo de guerra; suena demasiado ligero para serlo. Va en una yegua purasangre, diría yo.

—Bueno, pues sea lo que sea acaba de detenerse.

—Tienes razón —concedió el corcel—. Y ¿por qué tendría que detenerse justo cuando nosotros lo hacemos? Shasta, amigo mío, creo que nos sigue alguien.

—¿Qué haremos? —inquirió el muchacho en un susurro más tenue que antes—. ¿Crees que puede vernos además de oírnos?

—No con esta luz, siempre y cuando nos mantengamos quietos —respondió Bree—. Pero ¡mira! Se está acercando una nube. Aguardaré hasta que cubra la luna, y entonces marcharemos hacia la derecha tan silenciosamente como podamos, para descender hasta la playa. En el peor de los casos podemos ocultarnos entre las dunas.

Aguardaron hasta que la nube tapó la luna y

entonces, primero al paso y luego a un suave trote, se encaminaron hacia la orilla.

La nube era mayor y más espesa de lo que parecía al principio y la noche no tardó en tornarse terriblemente oscura. Justo cuando Shasta se decía para sí: «Ya debemos de estar cerca de aquellas dunas», el corazón le dio un vuelco debido a que un sonido horroroso se había alzado de la oscuridad ante ellos; un largo rugido, melancólico y totalmente salvaje. Bree se desvió a un lado sin pensarlo dos veces y empezó a galopar tierra adentro otra vez con todas sus fuerzas.

—¿Qué es? —jadeó Shasta.

—¡Leones! —respondió el caballo, sin aminorar el paso ni volver la cabeza.

Después de aquello ya no hubo más que un frenético galope durante algún tiempo. Finalmente chapotearon a través de un ancho arroyo poco profundo y Bree fue a detenerse en el otro lado. Shasta se dio cuenta de que temblaba y sudaba de pies a cabeza.

—Esa agua tal vez le haya hecho perder nuestro rastro a las bestias —jadeó Bree cuando consiguió recuperar parcialmente el aliento—. Ahora podemos aflojar un poco el ritmo.

Mientras andaban el caballo siguió diciendo:

—Shasta, estoy avergonzado. Tengo tanto miedo como cualquier tonto caballo corriente de Calormen. Me siento como uno de ellos, no como un caballo parlante. No temo a espadas, lanzas y flechas, pero no puedo soportar a esas criaturas. Me parece que trotaré un poco.

Al cabo de un minuto, no obstante, volvió a iniciar un galope, y no era de extrañar, pues el rugido volvió a dejarse oír, en esa ocasión a su izquierda desde el lugar donde estaba el bosque.

—Son dos —gimió Bree.

Después de galopar varios minutos sin oír más a los leones, Shasta dijo:

—¡Oye! Aquel otro caballo galopa ahora junto a nosotros. Está sólo a dos pasos.

—Mucho me... mejor —jadeó Bree—. Lo monta un tarkaan... tendrá una espada... nos protegerá a todos.

—Pero ¡Bree! —protestó el muchacho—. Casi prefiero que nos maten los leones a que nos atrapen, sobre todo a mí. Me colgarán por robar un caballo.

Tenía menos miedo de los leones que Bree porque jamás se había tropezado con uno; Bree sí lo había hecho.

El caballo se limitó a resoplar como respuesta pero se desvió a su derecha. Curiosamente, el otro caballo también pareció desviarse, pero a la iz-

41

quierda, de modo que en unos pocos segundos el espacio entre ambos aumentó considerablemente. No obstante, en cuando eso sucedió se oyeron otros dos rugidos de leones, que sonaron inmediatamente uno tras otro, uno a la derecha y el otro a la izquierda, y los caballos empezaron a acercarse de nuevo. Al parecer, eso mismo hicieron los leones. Los rugidos de las bestias situadas a cada lado sonaban cada vez más cercanos y éstas parecían capaces de mantenerse a la altura de los galopantes caballos sin problemas. Entonces la nube se alejó, y la luz de la luna, asombrosamente luminosa, lo alumbró todo como si fuera pleno día. Los dos caballos y los dos jinetes galopaban casi cabeza con cabeza y codo con codo igual que si participaran en una carrera. Como dijo Bree después, lo cierto era que no se había visto nunca una carrera mejor en Calormen.

Shasta se dio entonces por perdido y empezó a preguntarse si los leones lo mataban a uno de prisa o jugaban con su víctima como un gato juega con un ratón, y si le dolería mucho. Al mismo tiempo, y se acostumbra a hacer estas cosas en los momentos más espantosos, se fijó en todo. Vio que el otro jinete era una persona menuda y delgada, cubierta con una cota de malla, visible porque la luz de la luna se reflejaba sobre ella, y que montaba espléndidamente. Además no tenía barba.

Algo plano y reluciente se extendía ante ellos, y antes de que Shasta tuviera tiempo siquiera de adivinar de qué se trataba, se produjo un gran chapoteo y descubrió que tenía la boca medio llena de agua salada. La superficie brillante era un amplio brazo de mar. Los dos caballos nadaban y el agua le llegaba al muchacho hasta las rodillas. A sus espaldas se oyó un enfurecido rugido y, al mirar atrás, Shasta vio una enorme y peluda figura agazapada al borde del agua; pero sólo una. «Sin duda nos hemos deshecho del otro león», pensó.

Al parecer el león no consideraba que la presa mereciera un baño; en cualquier caso, no demostró la menor intención de meterse en el agua para

ir tras ellos. Los dos caballos, uno al lado del otro, se encontraban ya casi en el centro de la ensenada y la orilla opuesta se distinguía con claridad. El tarkaan aún no había dicho ni una palabra. «Pero lo hará —pensó Shasta—. En cuanto estemos en tierra firme. ¿Qué le voy a decir? Tengo que empezar a inventar una historia.»

Entonces, de repente, dos voces hablaron junto a él.

—¡Estoy tan cansada! —dijo una.

—Cállate, Hwin, y no seas tonta —dijo la otra.

«Estoy soñando —pensó Shasta—. Juraría que he oído hablar al otro caballo.»

Muy pronto los caballos ya no nadaban sino que trotaban y en seguida, con un gran sonido de agua chorreando por sus costados y colas y con abundante crujir de guijarros bajo ocho cascos, salieron a la playa situada al otro lado del brazo de mar. El tarkaan, ante la sorpresa de Shasta, no mostraba deseos de hacer preguntas; ni siquiera miró al muchacho, sino que parecía ansioso por instar a su caballo al frente. Bree, no obstante, cortó inmediatamente el paso al otro animal.

—¡Bro-jo-ja! —resopló—. ¡Quieta ahí! Te he oído, ya lo creo. De nada sirve fingir, señora mía. Te he oído. Eres una yegua parlante, una yegua narniana como yo.

—¿Qué te importa a ti si lo es? —dijo el extraño jinete con ferocidad, posando una mano sobre la empuñadura de la espada; pero la voz que pronunció las palabras ya le había indicado algo a Shasta.

—¡Vaya, si no es más que una chica! —exclamó.

—¿Y qué te importa a ti si no soy más que una chica? —le espetó la desconocida—. Tú eres sólo un chico: un chico grosero y vulgar; un esclavo probablemente, que ha robado el caballo de su amo.

—¡Qué sabrás tú! —dijo Shasta.

—No es ningún ladrón, pequeña tarkina —intervino Bree—. A decir verdad, si se ha producido algún robo, podrías muy bien decir que fui yo quién lo robó a «él». Y en cuanto a que no es asunto mío, ¿no esperarías que pasara junto a una dama de mi propia raza en este país extranjero sin hablarle? Es lógico que lo haga.

—Yo también lo considero muy lógico —repuso la yegua.

—Ojalá te hubieras callado, Hwin —dijo la muchacha—. Mira en qué lío nos has metido.

—Yo no sé a qué líos te refieres —replicó Shasta—. Puedes marcharte cuando quieras. No vamos a retenerte.

—No, claro que no lo harás —repuso ella.

—Qué criaturas más pendencieras son estos humanos —dijo Bree a la yegua—. Son igual que las mulas. Intentemos hablar con un poco de sentido común. Me da la impresión, señora, de que tu historia es igual que la mía. ¿Capturada muy joven... años de esclavitud entre las gentes de Calormen?

—Muy cierto, señor —respondió la yegua con un melancólico relincho.

—Y ahora, quizá... ¿la huida?

—Dile que no se meta donde no lo llaman, Hwin —dijo la muchacha.

—No, no lo haré, Aravis —respondió la yegua, echando las orejas hacia atrás—. Ésta es mi huida tanto como la tuya. Y estoy segura de que un noble caballo de batalla como éste no va a traicionarnos. Intentamos escapar para ir a Narnia.

—¡Y eso mismo hacemos nosotros! ¡Vaya que sí! —repuso Bree—. Sin duda lo adivinaste en seguida. Un chiquillo andrajoso montando, o intentando montar, un caballo de batalla en plena noche no podía significar otra cosa que alguna clase de huida. Y, si se me permite decirlo, una tarkina de alta alcurnia montando sola de noche, vestida con la armadura de su hermano, y muy ansiosa porque todo el mundo se ocupe de sus propios asuntos y no le haga preguntas, bueno, ¡si eso no es sospechoso, puedes llamarme jaca!

—Muy bien, pues —dijo Aravis—. Lo habéis adivinado. Hwin y yo estamos huyendo. Intentamos llegar a Narnia. Y ahora, ¿qué tienes que decir?

—Pues, en ese caso, ¿qué nos impide ir todos juntos? —respondió Bree—. ¿Confío, señora Hwin, en que aceptará la ayuda y protección que pueda ofrecerle en el viaje?

—¿Por qué insistes en hablar con mi caballo en lugar de hablar conmigo? —preguntó la muchacha.

—Perdona, tarkina —respondió el caballo, con apenas una ligera inclinación hacia atrás de las orejas—, pero has hablado como los seres de Calormen. Nosotros somos narnianos libres, Hwin y yo, y supongo que, si huyes a Narnia, es porque también deseas ser uno de ellos. En ese caso Hwin ya no es «tu» yegua. Se podría decir más bien que tú eres «su» humana.

La muchacha abrió la boca para hablar pero, al instante, se detuvo. Era evidente que nunca antes había considerado la cuestión desde aquel punto de vista.

—De todos modos —dijo ella tras una breve pausa—, no veo por qué tenemos que ir todos juntos. ¿No sería así más fácil que nos descubrieran?

—Menos —respondió Bree.

—Está bien, vamos con ellos —intervino la yegua—. Me sentiría mucho más cómoda. Ni siquiera sabemos con certeza el camino. Estoy segura de que un gran caballo de batalla como éste sabe muchas más cosas que nosotras.

—Oh, vamos, Bree —dijo Shasta—, deja que sigan su camino. ¿No te das cuenta de que no nos quieren?

—Sí que te queremos —afirmó Hwin.

—Mira —dijo la muchacha—, no me importa ir contigo, señor Caballo de Batalla, pero ¿qué hay de este chico? ¿Cómo sé que no es un espía?

—¿Por qué no dices directamente que crees que no estoy a tu altura? —la increpó Shasta.

—Tranquilo, Shasta —aconsejó Bree—. La pregunta de la tarkina es muy razonable. Yo respondo por el muchacho, tarkina. Me ha sido leal y también es un buen amigo. Y desde luego es oriundo de Narnia o de Archenland.

—Muy bien, pues. Vayamos juntos.

Sin embargo, no le dijo nada a Shasta y era evidente que se había referido a Bree, no a él.

—¡Espléndido! —exclamó el caballo—. Y ahora que tenemos el agua entre nosotros y esos horribles animales, ¿qué os parece a vosotros dos, humanos, si nos quitáis las sillas de montar y descansamos todos mientras nos contamos nuestras respectivas historias?

Los dos chichos desensillaron sus caballos y éstos comieron un poco de hierba mientras Aravis sacaba unas cosas muy apetitosas para comer de su alforja. Pero Shasta estaba enfurruñado y dijo «No, gracias», y que no tenía hambre. Intentó adoptar lo que creía eran modales distinguidos y envarados, pero puesto que la cabaña de un pescador no es por lo general un buen lugar para aprender modales distinguidos, el resultado fue desastroso. Y como en cierto modo advirtió que no había tenido éxito, se sintió más enfurruñado e incómodo que nunca. Entretanto, los dos caballos se entendían a las mil maravillas. Recordaban los mismos lugares de Narnia —«los pastos en la parte alta del Dique de los Castores»— y descubrieron que eran una especie de primos segundos. Aquello hizo que la situación resultara aún más molesta para los humanos hasta que por fin Bree dijo:

—Y ahora, tarkina, cuéntanos tu historia. Y no te apresures... me siento muy a gusto en estos momentos.

Aravis empezó inmediatamente, sentándose muy quieta a la vez que adoptaba un tono y estilo bastante distintos de los que había tenido hasta entonces. Pues en Calormen, el arte de la narración, tanto si los relatos son ciertos como si son inventados, es algo que a uno le enseñan, del mismo modo que a los chicos y chicas de nuestro mundo se les enseña a escribir redacciones. La diferencia es que a la gente le gusta escuchar los relatos, mientras que nunca he sabido de nadie que quisiera leer las redacciones.

CAPÍTULO 3

A las puertas de Tashbaan

—Me llamo tarkina Aravis —dijo la muchacha de inmediato— y soy la única hija del tarkaan Kidrash, hijo del tarkaan Rishti, hijo del tarkaan Kidrash, hijo del Tisroc Ilsombreh, hijo del Tisroc Ardeeb que descendía por línea directa del dios Tash. Mi padre es el señor de la provincia de Calavar y tiene derecho a permanecer de pie y calzado ante el mismísimo Tisroc, que viva eternamente. Mi madre, que en la paz de los dioses se halle, murió, y mi padre tomó otra esposa. Uno de mis hermanos cayó en combate contra los rebeldes del lejano oeste y el otro es un niño. Ocurrió que la mujer de mi padre, mi madrastra, me odiaba, y el sol sería oscuro ante sus ojos mientras yo viviera en la casa de mi padre. Por ese motivo lo persuadió para que me prometiera en matrimonio al tarkaan Ahoshta. Resulta que este Ahoshta

51

es de baja cuna, aunque estos últimos años ha obtenido el favor del Tisroc, que viva eternamente, mediante adulación y malos consejos, y ha sido nombrado tarkaan, señor de muchas ciudades, y también es probable que sea elegido gran visir cuando al actual gran visir muera. Además de todo eso tiene al menos sesenta años de edad, una joroba en la espalda y un rostro que recuerda al de un mono. Sin embargo, mi padre, debido a la riqueza y poder de este Ahoshta, y persuadido por su esposa, envió mensajeros para ofrecerme en matrimonio; la oferta fue aceptada favorablemente y Ahoshta envió recado de que se casaría conmigo este mismo año a mitad del verano.

»Cuando me comunicaron la noticia el sol se oscureció ante mis ojos y me acosté en el lecho y lloré durante todo un día. Pero al llegar el segundo día me levanté, me lavé la cara, hice que ensillaran mi yegua Hwin, tomé una daga afilada que mi hermano había llevado en las guerras occidentales y salí a cabalgar sola. Y cuando se perdió de vista la casa de mi padre y llegué a una zona despejada en cierto bosque en el que no vive nadie, desmonté de Hwin, mi yegua, y saqué la daga. A continuación abrí mis vestiduras por donde pensé que se hallaba el camino más rápido a mi corazón y oré a todos los dioses para que en cuanto estuviera muerta pudiera encontrarme con mi hermano. Después de eso cerré los ojos y apreté los dientes y me dispuse a hundir la daga en mi pecho. Sin embargo, antes de que lo hubiera hecho, esta yegua habló con la voz de una de las hijas de los hombres y dijo: "Oh, mi señora, no te destruyas, pues si vives aún te quedará la esperanza de tener buena suerte, mientras que todos los muertos están muertos por igual".

—No lo dije ni la mitad de bien que eso —murmuró la yegua.

—Silencio, señora, silencio —instó Bree, que disfrutaba una barbaridad del relato—. Nos lo está contando en el solemne estilo de Calormen y ningún narrador de la corte de un Tisroc lo haría mejor. Por favor, sigue, tarkina.

—Cuando escuché la lengua de los hombres en boca de mi yegua —prosiguió Aravis—, me dije que el temor a la muerte había trastornado mi razón y me producía alucinaciones. Y me sentí terriblemente avergonzada ya que nadie de mi linaje debería temer a la muerte más de lo que teme a la picadura de un mosquito. Así pues, me dispuse una vez más a apuñalarme, pero Hwin se acercó a mí y colocó la cabeza entre mi persona y la daga y disertó acerca de las razones más excelentes y me regañó igual que una madre reprende a su hija. Por aquel entonces mi asombro era tal que me olvidé de que quería quitarme la vida y también de Ahoshta, y dije: «Yegua mía, ¿cómo has aprendido a hablar igual que una de las hijas de los hombres?». Y Hwin me contó lo que todos los aquí reunidos saben, que en Narnia hay animales que hablan y que a ella la robaron de allí cuando era una potranca. Me habló también de los bosques y ríos de Narnia y de los castillos y grandes navíos, hasta que dije: «En nombre de Tash y Azaroth y también de Zardeenah, Señora de la Noche, siento un gran deseo de hallarme en ese país de Narnia». «Mi señora —respondió la yegua—, si estuvieras en Narnia serías feliz, porque en ese país no se obliga a ninguna doncella a casarse en contra de su voluntad.»

»Después de haber conversado durante un largo rato la esperanza regresó a mí y me alegré de no haberme suicidado. Además, Hwin y yo acordamos que nos escabulliríamos juntas y lo planeamos de este modo. Regresamos a la casa de mi padre y me vestí con mis ropas más alegres, canté y dancé ante mi padre, y fingí sentirme encantada con el matrimonio que había preparado para mí. También le dije: "Padre mío y deleite de mis ojos, concédeme licencia y permiso para ir sola con una de mis doncellas durante tres días al bosque para realizar sacrificios secretos a Zardeenah, Señora de la Noche y de las Doncellas, como señala la costumbre para las muchachas que deben despedirse del servicio a Zardeenah y prepararse para el matrimonio". Y él respondió: "Hija mía y deleite de mis ojos, que así sea".

»Pero en cuanto abandoné la presencia de mi padre fui a ver al más anciano de sus esclavos, su secretario, que me había hecho saltar sobre sus rodillas cuando era un bebé y me amaba más que al aire y la luz. Y le hice jurar que guardaría el secreto y le rogué que escribiera cierta carta para mí. Lloró y me imploró que cambiara mi propósito pero al final dijo: "Escucho y obedezco", e hizo lo que yo deseaba. Sellé la carta y la oculté en mi pecho.

—Pero ¿qué decía esa carta? —inquirió Shasta.

—Silencio, jovencito —dijo Bree—. Estás estropeando la historia. Ya nos hablará sobre la carta cuando llegue el momento oportuno. Sigue, tarkina.

—Luego llamé a la doncella que debía acompañarme a los bosques a realizar los ritos de Zardeenah y le dije que me despertara muy temprano por la mañana. Y me puse a bromear con ella y le ofrecí vino; pero yo había mezclado tales cosas en su copa que sabía que dormiría una noche y un día. En cuanto los habitantes de la casa de mi padre se hubieron retirado a dormir me levanté y me puse una armadura de mi hermano que siempre guardaba en mis aposentos en su recuerdo. Coloqué en mi cinturón todo el dinero que tenía, junto con algunas joyas escogidas, hice acopio también de comida, ensillé la yegua con mis propias manos y marché aprovechando el segundo turno de vigilancia de la noche. Entonces, tomé rumbo pero no hacia los bosques, donde mi padre supondría que iría, sino al norte y al este, en dirección a Tashbaan.

»Sabía que durante los tres primeros días mi padre no me buscaría, engañado por lo que yo le había dicho. Al cuarto día llegamos a la ciudad de Azim Balda. Ahora bien, Azim Balda está situada en el punto de encuentro de muchas carreteras y desde allí los correos del Tisroc, que viva eternamente, cabalgan en veloces corceles hacia todos los puntos del imperio y es uno de los derechos y privilegios de los tarkaanes más importantes enviar mensajes a través de ellos. Por lo tanto fui a ver al jefe de los mensajeros en la Casa de los Correos Imperiales de Azim Balda y le dije: "Oh, expedidor de mensajes, aquí tienes una carta de mi tío el tarkaan Ahoshta para el tarkaan Kidrash, señor de Calavar. Toma estas cinco mediaslunas y haz que le sea enviada". Y el jefe de los mensajeros respondió: "Escucho y obedezco".

»Fingí que Ahoshta había escrito la carta, y esto era lo que decía: "Del tarkaan Ahoshta al tarkaan Kidrash, saludos y paz. En el nombre de Tash el irresistible, el inexorable. Debes saber que mientras realizaba mi viaje hacia tu casa para celebrar el contrato de matrimonio entre mi persona y tu hija la tarkina Aravis, quisieron la fortuna y los dioses que me encontrara con ella en el bosque cuando había finalizado los ritos y sacrificios de Zardeenah según la costumbre de las doncellas. Y cuando averigüé quién era, sintiéndome encantado con su belleza y discreción, me sentí inflamado por el amor y me pareció que el sol dejaría de brillar sobre mi persona si no me casaba con ella al momento. Así pues preparé los sacrificios necesarios y desposé a tu hija en la misma hora en que la conocí y he regresado con ella a mi propia casa. Y ambos te rogamos y solicitamos que vengas aquí con la mayor celeridad posible para que tengamos la oportunidad de deleitarnos con tu rostro y tus palabras; te suplicamos que asimismo traigas contigo la dote de mi esposa, que, por motivo de mis grandes cargas y gastos, necesito sin demora. Y puesto que tú y yo somos hermanos, estoy

seguro de que no estarás enojado por lo apresurado de mi matrimonio, que fue totalmente motivado por el gran amor que siento por tu hija. Te confío al cuidado de todos los dioses".

»En cuanto hube hecho esto, cabalgué a toda velocidad lejos de Azim Balda, sin temer que me persiguieran y con la esperanza de que mi padre, al recibir aquella carta, enviaría mensajes a Ahoshta o iría en persona, y que antes de que todo quedara al descubierto yo habría dejado atrás Tashbaan. Y ésa es la esencia de mi historia hasta esta misma noche cuando fui perseguida por leones y os encontré mientras nadaba en las aguas saladas.

—¿Y qué le sucedió a la muchacha a la que drogaste? —preguntó Shasta.

—Sin duda fue azotada por quedarse dormida —respondió Aravis con frialdad—; pero era un instrumento y espía de mi madrastra. Me alegro mucho de que le pegaran.

—En mi opinión, eso no fue muy justo —dijo el muchacho.

—No hice ninguna de estas cosas para complacerte a ti —respondió Aravis.

—Y hay otra cosa que no comprendo sobre esa historia —siguió Shasta—. No eres adulta, no creo que seas mucho mayor que yo. Ni siquiera creo que tengas mi edad. ¿Cómo podrías casarte?

Aravis no respondió, pero Bree se apresuró a decir:

—Shasta, no exhibas tu ignorancia. Siempre se casan a esa edad en las grandes familias tarkaanas.

Shasta enrojeció profundamente, aunque apenas había luz suficiente para que los otros pudieran darse cuenta, y se sintió humillado. Aravis preguntó a Bree sobre su historia. Éste se la contó, y Shasta se dijo que el caballo añadía mucho más de lo que era necesario sobre las caídas y su mal estilo para montar. Evidentemente Bree lo consideraba muy divertido, pero Aravis no se rió. Una vez que Bree finalizó su relato todos se fueron a dormir.

Al día siguiente los cuatro, los dos caballos y los dos humanos, prosiguieron su viaje juntos. Shasta se dijo que le gustaba mucho más cuando él y Bree estaban solos, pues ahora eran Bree y Aravis quienes hablaban casi todo el tiempo. El caballo había vivido mucho tiempo en Calormen y había estado siempre rodeado de tarkaanes y caballos de tarkaanes, y por lo tanto conocía a gran parte de las personas y lugares que Aravis conocía. Ésta no hacía más que decir cosas como: «Pero, si estuviste en la batalla de Zulindreh, sin duda viste a mi primo Alimash», a lo que Bree contestaba: «Oh, sí, Alimash, sólo era capitán de los carros, ya sabes. No me gustan demasiado las cuadrigas ni la clase de caballos que tiran de carros. No es auténtica caballería. Pero él es un noble muy respetable. Llenó mi morral de azúcar después de la toma de Teebeth». O en otras ocasiones era Bree quien mencionaba: «Estuve en el lago de Mezreel ese verano», y Aravis respondía: «¡Oh, Mezreel! Tenía una amiga allí, la tarkina Lasaraleen. Es un lugar delicioso. ¡Con esos jardines, y el Valle de los Mil Perfumes!». Bree no intentaba en absoluto dejar a Shasta fuera de la conversación, aunque el muchacho lo creía así en ocasiones. La gente que comparte intereses comunes no puede evitar hablar sobre ellos, y si uno está presente no puede evitar pensar que lo están excluyendo.

Hwin, la yegua, se mostraba un tanto tímida ante un gran caballo de combate como Bree y apenas hablaba; y Aravis no se dirigía jamás a Shasta si podía evitarlo.

Sin embargo, no tardaron en tener cosas más importantes en las que pensar. Se acercaban a Tashbaan y encontraban muchos más pueblos, y más grandes, y también más gente en los caminos. Por ese motivo viajaban casi siempre de noche y se ocultaban lo mejor que podían durante el día. Y en cada parada discutían y discutían sobre lo que debían hacer cuando llegaran a Tashbaan. Todos habían estado aplazando aquella espinosa cuestión, pero ya no podía posponerse más. Durante aquellas discusiones Aravis se mostró un poco, sólo un poquitín, menos hostil con Shasta; por lo general uno acostumbra a llevarse mejor con la gente cuando se hacen planes que cuando se habla de cosas sin importancia.

Bree dijo que lo primero que había que hacer era fijar un lugar en el que todos prometieran reunirse en el otro extremo de Tashbaan si, por mala suerte, se veían obligados a separarse al pasar por la ciudad. Declaró que el mejor lugar serían las Tumbas de los Antiguos Reyes situadas en el borde mismo del desierto.

—Unas cosas que parecen enormes colmenas de piedra —explicó—. Es imposible no verlas. Y lo mejor de todo es que ningún calormeno se acerca a ellas porque creen que el lugar está frecuentado por espíritus y lo temen.

Aravis preguntó si realmente habitaban espíritus allí, pero Bree respondió que él era un caballo libre de Narnia y no creía en aquellos cuentos calormenos. Y a continuación Shasta declaró que él tampoco era un calormeno, así que le importaban un comino aquellas viejas historias de espectros. No era verdad, en realidad, pero impresionó bastante a Aravis, si bien de momento también le molestó un poco, y desde luego ésta se apresuró a afirmar que a ella tampoco le preocupaban los espectros. Así pues, quedó decidido que las Tumbas serían su punto de encuentro al otro lado de Tashbaan, y todos sintieron que se las arreglaban muy bien hasta que Hwin indicó humildemente que el auténtico problema no era adónde debían ir una vez hubieran atravesado Tashbaan sino cómo iban a atravesarla.

—Eso lo resolveremos mañana, señora —respondió Bree—. Es hora de dormir un poco.

Sin embargo, no fue algo fácil de resolver. La primera sugerencia de Aravis fue que cruzaran a nado y de noche el río que discurría a los pies de la ciudad y no entraran para nada en Tashbaan. No obstante, Bree tenía dos motivos para oponerse. Uno era que el cauce del río era muy ancho y sería un trayecto a nado demasiado largo para Hwin, en especial con un jinete sobre el lomo.

El caballo también pensaba que sería un trayecto demasiado largo para él, pero no lo mencionó. El otro era que estaría lleno de barcos y que, desde luego, cualquier persona situada en la cubierta de una nave que viera pasar a dos caballos nadando se sentiría embargada por la curiosidad.

A Shasta se le ocurrió que debían ir río arriba hasta situarse por encima de la ciudad y cruzarlo allí donde resultara más estrecho. Pero Bree explicó que había jardines y casas de recreo en ambas orillas del río durante kilómetros y habría tarkaanos y tarkinas viviendo en ellas, cabalgando por los caminos y celebrando fiestas dentro del agua. En realidad sería el lugar donde tendrían más probabilidades de tropezarse con alguien que pudiera reconocer a Aravis o a él mismo.

—Tendremos que llevar un disfraz —indicó Shasta.

Hwin dijo que a ella le parecía que lo más seguro era atravesar la ciudad de una puerta a la otra porque era menos probable que alguien se fijase en ellos en medio de la multitud. De todos modos aprobó también la idea de llevar un disfraz.

—Los dos humanos tendrán que vestirse con harapos y parecer campesinos o esclavos. Y habrá que hacer fardos con toda la armadura de Aravis y nuestras sillas y cosas, y colocarlos sobre nuestros lomos, y los chicos deberán fingir que nos conducen y la gente creerá que sólo somos caballos de carga.

—¡Mi querida Hwin! —exclamó Aravis con cierto desdén—. ¡Cómo si alguien pudiera confundir a Bree con cualquier otra cosa que no fuera un caballo de batalla por muy disfrazado que vaya!

—Yo diría que nadie, desde luego —repuso Bree, profiriendo un resoplido a la vez que dejaba que las orejas se inclinaran ligeramente hacia atrás.

—Ya sé que no es un plan muy bueno —replicó la yegua—; pero creo que es nuestra única posibilidad. Además, nadie nos ha cepillado desde hace una eternidad y no tenemos nuestro aspecto de siempre; al menos yo estoy segura de no tenerlo. Realmente creo que si nos cubrimos bien de barro y avanzamos con las cabezas gachas como si estuviéramos muy cansados y fuéramos unos perezosos... y apenas alzamos los cascos..., podría ser que nadie se fijara en nosotros. Y habría que recortar más las colas: no bien recortadas, ya me entiendes, sino de un modo desigual.

—Mi querida señora —dijo Bree—, ¿se ha imaginado usted lo desagradable que resultaría llegar a Narnia en ese estado?

—Bueno —respondió ella con humildad, pues era una yegua muy sensata—, lo principal es llegar.

Aunque a nadie le gustaba demasiado, fue el plan de Hwin el que adoptaron al final. Resultó bastante molesto e implicó un poco de lo que Shasta llamó robar, y Bree denominó «una incursión». Un granjero perdió unos cuantos sacos aquella tarde, y otro un rollo de cuerda la siguiente: pero adquirieron y pagaron honradamente en un pueblo algunas andrajosas prendas viejas para Aravis. Shasta regresó con ellas luciendo una expresión triunfal justo al caer la tarde. Los otros lo esperaban entre los árboles, al pie de una cadena de bajas colinas boscosas situadas justo en el camino que debían seguir. Todos estaban muy emocionados, ya que aquella era la última elevación; cuando alcanzaran la cima contemplarían Tashbaan extendiéndose a sus pies.

—Cómo desearía haberla dejado ya atrás —musitó Shasta a Hwin.

—Yo también, yo también —respondió la yegua con gran fervor.

Aquella noche dieron un gran rodeo a través del bosque para ascender a lo alto de la colina usando el sendero abierto por un leñador, y cuando salieron del bosque en la cima pudieron contemplar miles de luces en el valle situado abajo. Shasta no tenía ni idea de cómo podría ser una gran ciudad y aquello lo asustó. Cenaron y los dos jóvenes se acostaron a dormir. Los caballos los despertaron a primeras horas de la mañana.

Las estrellas brillaban todavía y la hierba estaba terriblemente fría y húmeda, pero empezaba ya a amanecer, en la lejanía, a su derecha al otro lado del mar. Aravis se internó un poco en el bosque y regresó con un aspecto muy raro, ataviada con sus nuevas ropas harapientas y llevando las auténticas arrolladas en un ovillo. Éstas, junto con la armadura, el escudo, la cimitarra, las dos sillas de montar y el resto de los accesorios de los caballos los guardaron en los sacos. Entretanto, Bree y Hwin se habían cubierto de barro y desarreglado cuanto pudieron y sólo faltaba acortar sus colas. Puesto que la única herramienta para hacerlo era la cimitarra de Aravis, fue necesario deshacer uno de los fardos para sacarla. Fue una tarea más bien larga y que resultó bastante dolorosa para los caballos.

—¡Válgame el cielo! —dijo Bree—. ¡Si no fuera un caballo parlante, vaya coz te daría en la cara! Creía que ibas a cortarla, no a arrancarla. Y eso es lo que parece.

No obstante, a pesar de la semioscuridad y los

dedos helados, todo acabó por hacerse: los grandes fardos quedaron bien sujetos a los animales, los ronzales de cuerda —que llevaban en aquellos momentos en lugar de las bridas y las riendas— pasaron a las manos de los dos muchachos, y dio comienzo el viaje.

—Recordad —dijo Bree—: manteneos juntos si es posible. Si no, nos encontraremos en las Tumbas de los Antiguos Reyes, y los que lleguen allí primero deben esperar a los demás.

—Y recordad también —añadió Shasta—: Vosotros dos, caballos, no os despistéis y empecéis a hablar, suceda lo que suceda.

CAPÍTULO 4

—◦◦◦—

Shasta tropieza con los narnianos

Al principio Shasta no pudo ver otra cosa en el valle situado a sus pies que no fuera un mar de bruma con unas cuantas cúpulas y pináculos sobresaliendo de él; pero a medida que la luz aumentaba y la neblina se disipaba, empezó a distinguir más cosas. Un ancho río se dividía en dos corrientes y en la isla situada entre ambas se alzaba la ciudad de Tashbaan, una de las maravillas del mundo. Alrededor del borde mismo de la isla, de modo que el agua chapoteaba contra la piedra, discurrían elevadas murallas reforzadas por tantas torres que no tardó en renunciar a contarlas. Dentro de los muros la isla se alzaba en una colina y cada trozo de aquella colina, hasta llegar al palacio del Tisroc y al gran templo de Tash, estaba cubierto por completo de edificios; había terrazas sobre terrazas, calles sobre calles, caminos zigzagueantes o enormes tramos de escalera bordeados de naranjos y limoneros, jardines en azoteas, balcones, pronunciadas arcadas, columnatas, espiras, almenas, minaretes, pináculos. Y cuando por fin el sol se alzó del mar y la enorme cúpula plateada del templo reflejó su luz con un centelleo, se sintió casi deslumbrado.

—Sigue adelante, Shasta —no dejaba de decirle Bree.

Las riberas del río a ambos lados del valle eran una masa tal de jardines que al principio parecían un bosque, hasta que uno se acercaba más y con-

templaba las blancas paredes de innumerables casas que asomaban por debajo de los árboles. No mucho después de eso, Shasta percibió un delicioso aroma a flores y frutas. Unos quince minutos más tarde se hallaban entre ellos, avanzando como podían por una carretera plana con muros blancos a ambos lados y árboles que se inclinaban por encima de ellos.

—Caramba —dijo Shasta para manifestar su admiración—, ¡este lugar es maravilloso!

—Tal vez —respondió Bree—, pero desearía que lo hubiéramos atravesado ya de un extremo a otro. ¡Narnia y el norte nos esperan!

En aquel momento un zumbido bajo empezó a sonar aumentando gradualmente de volumen hasta que todo el valle pareció balancearse con él. Era un sonido musical, pero tan potente y solemne que resultaba algo atemorizador.

—Son las trompetas que suenan para que se abran las puertas de la ciudad —explicó Bree—. Estaremos allí dentro de un minuto. Ahora, Aravis, por favor inclina un poco la espalda, pisa con más fuerza e intenta parecerte menos a una princesa. Intenta imaginar que te han dado patadas y bofetones y te han insultado toda la vida.

—Pues respecto a eso —replicó ella—, ¿qué tal si tú también inclinas la cabeza un poco más, arqueas el cuello un poco menos e intentas no parecerte tanto a un caballo de batalla?

—¡Chist! —advirtió Bree—. Ya hemos llegado.

Y así era. Habían llegado al borde del río y la carretera que se extendía ante ellos discurría por un puente de muchos arcos. El agua danzaba centelleante bajo los primeros rayos del sol; a lo lejos, a su derecha, más cerca de la desembocadura del río, distinguieron mástiles de embarcaciones. Había bastantes viajeros dispuestos a cruzar el puente antes que ellos; la mayoría eran campesinos que conducían asnos y mulas cargados de mercancías o que transportaban cestos sobre la cabeza. Los dos muchachos y los caballos se unieron a la multitud.

—¿Sucede algo? —susurró Shasta a Aravis, que mostraba una expresión curiosa.

—¡Claro, para ti todo esto está muy bien! —murmuró ella con cierta ferocidad—. ¿Qué te importa a ti Tashbaan? Pero yo tendría que estar viajando en una litera precedida por soldados y con esclavos cerrando la marcha, y tal vez dirigirme a un banquete en el palacio del Tisroc, que viva eternamente, en lugar de penetrar furtivamente de este modo. Para ti es diferente.

A Shasta todo aquello le pareció ridículo.

En el otro extremo del puente las murallas de la ciudad se elevaban muy altas, por encima de sus cabezas, y las puertas de latón se hallaban abiertas en la entrada, que en realidad era amplia aunque parecía estrecha debido a su altura. Media docena de soldados, apoyados en sus lanzas, estaban ubicados a ambos lados, y Aravis no pudo evitar decirse: «Todos se cuadrarían y me saludarían si supieran de quién soy hija». Por el contrario, sus compañeros sólo pensaban en cómo conseguirían pasar, y esperaban que los soldados no les hicieran preguntas. Por suerte no lo hicieron. No obstante, uno de ellos tomó una zanahoria del cesto de un campesino y la arrojó a Shasta con una áspera carcajada, diciendo:

—¡Eh, chico del caballo! Te ganarás una buena paliza si tu amo descubre que has usado su caballo de montar para transportar carga.

Aquello asustó terriblemente a Shasta, ya que demostraba sin lugar a dudas que quien entendiera de caballos jamás tomaría a Bree por otra cosa que un caballo de batalla.

—¡Son órdenes de mi señor, para que te enteres! —respondió Shasta.

Pero habría sido mejor si se hubiera mordido la lengua, pues el soldado le dio un bofetón que casi lo derribó al suelo y le dijo:

—Toma, pequeña inmundicia, eso te enseñara cómo hablar a los hombres libres.

De todos modos consiguieron escabullirse dentro de la ciudad sin que los detuvieran, y Shasta sólo lloró un poquito, ya que estaba acostumbrado a los golpes.

Una vez atravesadas las puertas, Tashbaan no les pareció en un principio tan espléndida como de lejos. La primera calle era estrecha y apenas había ventanas en las paredes que se alzaban a cada lado, y además estaba mucho más atestada de gente de lo que el muchacho había esperado: llena en parte de campesinos que habían entrado con ellos y que se dirigían al mercado, pero también ocupada por aguadores, vendedores de dulces, mozos, soldados, mendigos, niños harapientos, gallinas, perros vagabundos y esclavos descalzos. Lo que más se notaba al llegar a la ciudad eran los olores, que provenían de gente desaseada, perros mugrientos, perfumes, ajos, cebollas y montones de basura que se apilaban por todas partes.

Shasta fingía ser quien guiaba pero en realidad era Bree quien conocía el camino y lo guiaba a él mediante leves golpecitos con el hocico. No tardaron en girar a la izquierda y en iniciar la ascensión por una empinada colina. Era un lugar mucho más fresco y agradable, pues la calle estaba bordeada de árboles y sólo había casas en el lado derecho; por el otro se podían contemplar los tejados de las casas de la ciudad baja y también ver un trecho río arriba. A continuación doblaron una curva cerrada a la derecha y siguieron su ascensión. Avanzaban en zigzag en dirección al centro de Tashbaan. En seguida llegaron a las calles más elegantes. Grandes estatuas de los dioses y héroes de Calormen —que son en su mayoría más impresionantes que agradables a la vista— se alzaban sobre relucientes pedestales. Palmeras y soportales sostenidos por columnas proyectaban sombras sobre las ardientes aceras y, a través de las entradas en forma de arco de más de un palacio, Shasta vislumbró ramas verdes, fuentes frescas y céspedes muy bien cuidados. «Seguro que se está muy bien allí dentro», se dijo.

En cada recodo, Shasta esperaba que consiguieran salir de entre la multitud, pero nunca sucedía. Aquello hacía su avance muy lento, y cada dos por tres se veían obligados a detenerse completamente. Esto acostumbraba a suceder porque una voz potente gritaba: «Abrid paso, abrid paso, abrid paso al tarkaan» o «abrid paso a la tarkina» o «al decimoquinto visir» o «al embajador», y la multitud se veía obligada a aplastarse contra las paredes; y por encima de sus cabezas Shasta conseguía ver en ocasiones al gran señor o la gran dama causantes de todo aquel alboroto, repantigados en una litera que cuatro o incluso seis esclavos gigantescos transportaban sobre los desnudos hombros. Pues en Tashbaan existe únicamente una norma de tráfico, que es que las personas menos importantes deben dejar paso a todo aquel que sea más importante que ellas; a menos que uno desee recibir la marca de un latigazo o un golpe del mango de una lanza.

Fue en una calle espléndida, muy cerca de la parte superior de la ciudad —el palacio del Tisroc era lo único que se alzaba por encima de ella—, donde tuvo lugar la más desastrosa de aquellas paradas.

—¡Abrid paso! ¡Abrid paso! ¡Abrid paso! —gritó la voz—. ¡Abrid paso al rey blanco bárbaro, el invitado del Tisroc, que viva eternamente! Abrid paso a los señores narnianos.

Shasta intentó apartarse y hacer que Bree retrocediera; pero ningún caballo, ni siquiera un caballo parlante de Narnia, retrocede con facilidad. Y una mujer con un cesto de esquinas muy afiladas en sus manos, situada justo detrás del muchacho, le clavó con fuerza el cesto contra los hombros, y dijo:

—¡Eh! ¿A quién estás empujando?

Y entonces alguien más le dio un empujón en el costado y en la confusión del momento soltó a Bree. A continuación todo el gentío situado a su espalda se tornó tan compacto y apelotonado que le resultó imposible moverse. Fue así como se encontró de repente, sin proponérselo, en primera fila y pudo disfrutar de una buena visión de la comitiva que avanzaba por la calle.

No se parecía en nada a ningún otro grupo que hubieran visto aquel día. El pregonero que avanzaba ante ellos gritando, «¡Abrid paso, abrid paso!», era el único calormeno de todos ellos, y no había litera; todo el mundo iba a pie. Eran una media docena de hombres y Shasta no había visto jamás a nadie como ellos. En primer lugar, todos tenían la piel clara como él, y la mayoría eran rubios. Además no se vestían como las gentes de Calormen. La mayoría llevaba las pantorrillas al descubierto. Sus túnicas eran de hermosos colores brillantes y atrevidos: un verde bosque, un amarillo vistoso o un azul vivo. En lugar de turbantes se cubrían con cascos de acero o plata, algunos de ellos adornados con joyas, y uno con unas diminutas alas a los costados. Unos pocos llevaban la cabeza descubierta. Las espadas que pendían de los lados eran largas y rectas, no curvas como las cimitarras de Calormen. Y en lugar de mostrar una expresión seria y misteriosa como la mayoría de calormenos, andaban con un balanceo y dejaban que brazos y hombros se movieran libremente, también charlaban y reían. Uno silbaba. Era evidente que deseaban ser amigos de todos aquellos que se mostraran simpáticos, y que les importaba un comino cualquiera que no lo fuera. Shasta se dijo que no había visto nada tan magnífico en toda su vida.

Pero no hubo tiempo para disfrutar del espectáculo pues inmediatamente sucedió algo espantoso. El jefe de los hombres rubios señaló de repente a Shasta, gritó: «¡Ahí está! ¡Ahí está nuestro fugitivo!», y agarró al muchacho del hombro. Casi de inmediato asestó a Shasta un bofetón; no uno cruel para arrancar las lágrimas sino uno seco para dar a entender que uno ha caído en desgracia y añadió, tembloroso:

—¡Qué vergüenza, mi señor! ¡Qué vergüenza! La reina Susan tiene los ojos enrojecidos de tanto llorar por tu culpa. ¡Vaya! ¡Desaparecido durante toda una noche! ¿Dónde has estado?

Shasta se habría precipitado bajo el cuerpo de Bree y habría intentado desaparecer entre la muchedumbre de haber tenido la menor posibilidad de hacerlo; pero los hombres rubios lo rodeaban ya por completo y estaba bien sujeto.

Desde luego su primer impulso fue decir que no era más que el hijo del pobre pescador Arsheesh y que el señor extranjero sin duda lo había confundido con otra persona; pero, por otra parte, lo último que deseaba hacer en aquel lugar atestado de gente era empezar a explicar quién era y qué hacía. Si empezaba con aquello, no tardarían en preguntarle dónde había conseguido su caballo, y quién era Aravis; y entonces, adiós a toda posibilidad de conseguir salir de Tashbaan. Su siguiente impulso fue mirar a Bree en busca de ayuda, pero éste no tenía la menor intención de dejar que toda aquella gente supiera que podía hablar, y permaneció allí inmóvil con el mismo aspecto atontado que cualquier caballo corriente. En cuanto a Aravis, Shasta ni se atrevió a mirarla por no atraer la atención hacia ella. Tampoco tuvo mucho tiempo para pensar, pues el jefe de los narnianos dijo al instante:

—Toma una de las manos de su señoría, Peridan, si tienes la bondad, y yo tomaré la otra. Y ahora, sigamos. Nuestra real hermana se sentirá sumamente aliviada cuando vea a nuestro joven bribón a salvo en nuestro alojamiento.

Y de ese modo, antes incluso de que hubieran conseguido atravesar la mitad de Tashbaan, todos sus planes se vinieron abajo, y sin tener siquiera la posibilidad de despedirse de los otros Shasta se encontró marchando entre desconocidos y sin poder imaginar qué sucedería a continuación. El rey narniano —pues el muchacho empezó a comprender por el modo en que el resto se dirigía a él que debía de ser un rey— no dejaba de hacerle preguntas: dónde había estado, cómo había conseguido escapar, qué había hecho con sus ropas, y si no sabía acaso que había sido muy travieso. Sólo que el rey dijo «traveso» en lugar de «travieso».

Y Shasta no respondió, porque no se le ocurrió nada que decir que no pudiera resultar peligroso.

—¡Vaya! ¿Guardas silencio? —inquirió el rey—. Me veo obligado a decirte claramente, príncipe, que este silencio avergonzado es aún menos propio de una persona de tu linaje que tu huida. Escaparse puede ser considerado la travesura de un jovencito de cierto carácter. Pero el hijo del rey de Archenland debe reconocer sus acciones; no inclinar la cabeza como un esclavo calormeno.

Todo aquello le resultaba muy desagradable, pues Shasta sentía en todo momento que aquel joven rey era un adulto de los más amables y le habría gustado causarle una buena impresión.

Los forasteros lo condujeron —bien sujeto por ambas manos— por una calle estrecha y luego le hicieron bajar por un tramo de escalones bajos para a continuación subir otro hasta una amplia entrada, situada en una pared blanca, flanqueada por dos altos y oscuros cipreses. Tras cruzar el umbral, Shasta se encontró en un patio que era a la vez un jardín. En el centro había una pila de mármol llena de agua transparente que el agua de una fuente mantenía en constante movimiento. Unos naranjos crecían a su alrededor, plantados sobre una mullida hierba, y los cuatro muros blancos que rodeaban el césped estaban cubiertos de rosales trepadores. El ruido, el polvo y el gentío de las calles parecía de repente muy lejano. Le hicieron cruzar el patio a toda prisa y luego atravesar un oscuro portal. El pregonero se quedó en el exterior. Después de eso, lo condujeron por un pasillo, cuyo suelo de piedra resultaba deliciosamente frío a sus ardientes pies, y lo hicieron subir por una escalera. Al cabo de un instante se encontró parpadeando bajo la luz de una habitación enorme y bien ventilada, con las ventanas abiertas de par en par, todas mirando al norte, de modo que los rayos del sol no penetraban en ella. El suelo estaba cubierto por una alfombra teñida con los colores más hermosos que había visto nunca y sus pies se hundieron en ella como si pisaran una espesa capa de musgo. Alrededor de las paredes había sofás bajos cubiertos de suntuosos cojines, y la sala parecía llena de gente; «gente muy curiosa, en algunos casos», se dijo Shasta. Sin embargo no tuvo tiempo para recrearse pues la dama más hermosa que había visto se alzó de su asiento y lo rodeó con sus brazos al tiempo que lo besaba y decía:

—Oh Corin, Corin, ¿cómo has podido hacerlo? Tan buenos amigos como somos tú y yo desde que murió tu madre. ¿Y qué le habría dicho a tu real padre si hubiera regresado a casa sin ti? Habría sido motivo casi suficiente para una guerra entre Archenland y Narnia, que mantienen una amistad que se remonta a tiempo inmemorial. Has sido «traveso», compañero de juegos; es muy «traveso» por tu parte hacernos eso.

«Al parecer —pensó Shasta—, me confunden con un príncipe de Archenland, dondequiera que eso esté. Y ellos sin duda son narnianos. Me pregunto dónde está el auténtico Corin.»

Tales pensamientos, sin embargo, no lo ayudaron a decir nada en voz alta.

—¿Dónde has estado, Corin? —inquirió la hermosa dama, con las manos posadas aún sobre los hombros del muchacho.

—No... no lo sé —tartamudeó él.

—¡Ahí está, Susan! —dijo el rey—. No conseguí sacarle nada, ni verdadero ni falso.

—¡Majestades! ¡Reina Susan! ¡Rey Edmund! —llamó una voz.

Y cuando Shasta se volvió para mirar al que había hablado, casi se muere del susto debido a la sorpresa, pues se trataba de una de aquellas personas raras cuya presencia había advertido por el rabillo del ojo al entrar en la habitación. Era apro- ximadamente de la misma altura que Shasta, pero, aunque desde la cintura hacia arriba era igual que un hombre, las piernas eran peludas como las de una cabra y su forma era igual que las de éstas, y tenía pezuñas y cola de cabra. La piel era rojiza, los cabellos rizados, y lucía una barba corta y puntiaguda, y dos pequeños cuernos. Se trataba de un fauno, una criatura que Shasta no había visto nunca en un dibujo y de la que tam- poco había oído hablar. Y si has leído un libro lla- mado *El león, la bruja y el armario* tal vez te interese saber que se trataba del mismo fauno, de nombre Tumnus, que la hermana de la reina Susan, Lucy, había conocido aquel primer día en que descubrió el modo de entrar en Narnia. Era mucho más viejo ahora pues por aquella época Peter, Susan, Edmund y Lucy hacía ya varios años que eran reyes y reinas de Narnia.

—Majestades —decía en aquellos momentos—, su alteza tiene una insolación. ¡Miradle! Está atur- dido. No sabe dónde está.

En ese momento, claro está, todos dejaron de regañar a Shasta y de hacerle preguntas y todos se deshicieron en atenciones para con él e hicieron que se acostara en un sofá con almohadones bajo la cabeza, y también le dieron un helado en una copa dorada para que bebiera, y le dijeron que se estuviera muy quieto.

Nada parecido le había sucedido a Shasta en toda su vida. Jamás se había imaginado acostado en algo tan cómodo como aquel sofá o bebiendo nada tan delicioso como aquel helado. Se preguntaba aún qué habría sucedido con los otros y cómo conseguiría huir y reunirse con ellos en las Tumbas, y qué sucedería cuando el auténtico Corin apareciera de verdad; pero ninguna de aquellas preocupaciones parecían tan apremiantes ahora que se sentía tan cómodo. Además tal vez, más tarde, le dieran cosas deliciosas para comer...

Entretanto, las personas reunidas en aquella habitación fresca y bien ventilada resultaban muy interesantes. Además del fauno había dos enanos, que eran una clase de criatura que tampoco había visto jamás, y un cuervo muy grande. El resto eran todos humanos, adultos, pero jóvenes, y todos ellos, tanto hombres como mujeres, presentaban rostros y voces más agradables que la mayoría de los calormenos. Shasta no tardó en interesarse por la conversación que mantenían.

—Ahora, señora —decía el rey a la reina Susan, la dama que había besado a Shasta—, ¿qué piensas? Llevamos en esta ciudad tres semanas enteras. ¿Has decidido ya si te casarás con este enamorado tuyo de rostro oscuro, este príncipe Rabadash, o no?

—No, hermano —respondió la dama, sacudiendo la cabeza—, ni por todas las joyas de Tashbaan.

«¡Caramba! —pensó Shasta—. Aunque son rey y reina, son hermanos, no están casados entre sí.»

—Para ser sincero, hermana —dijo el rey—, debo decir que te habría querido bastante menos si lo hubieras aceptado. Y te informo de que en la primera visita de los embajadores del Tisroc a Narnia para tratar de este matrimonio, y más tarde cuando el príncipe fue nuestro invitado en Cair Paravel, me maravillaba que fueras capaz de mostrarle tanto aprecio.

—Eso fue un desatino por mi parte, Edmund —respondió la reina Susan—, por el cual te suplico benevolencia. De todos modos cuando estuvo con nosotros en Narnia, lo cierto es que este príncipe se comportó de otro modo a como lo hace ahora en Tashbaan. Pues pongo a todos por testigo de las maravillosas proezas que realizó en aquel gran torneo y competición de lanzas que nuestro hermano, el Sumo Monarca organizó para él, y de la humildad y cortesía con la que se comportó con nosotros durante siete días. Pero aquí, en su propia ciudad, ha mostrado otro rostro.

—¡Ah! —graznó el cuervo—. Hay un viejo dicho: contempla al oso en su madriguera antes de juzgar cómo es.

—Eso es muy cierto, Patas Amarillas —dijo uno de los enanos—. Y otro dice: Vive conmigo y me conocerás.

—Sí —asintió el rey—; ahora lo hemos visto tal como es: es decir, un tirano lleno de orgullo, sanguinario, ostentoso, cruel y pagado de sí mismo.

—Entonces, en el nombre de Aslan —dijo Susan—, abandonemos Tashbaan hoy mismo.

—Ahí está la dificultad, hermana —indicó Edmund—. Pues ahora debo confiaros a todos lo que ha estado pasando por mi mente estos últimos dos días. Peridan, si eres tan amable, echa un vistazo a la puerta y asegúrate de que nadie nos espía. ¿Todo bien? Estupendo; pues ahora debemos actuar en secreto.

Todos habían empezado a adoptar expresiones muy serias. La reina Susan se puso en pie de un salto y corrió hasta su hermano.

—¡Edmund, dime! —exclamó—. ¿Qué ocurre? Veo algo terrible en tu rostro.

———《/∂/》———

CAPÍTULO 5

El príncipe Corin

—Mi querida hermana y gran señora —empezó el rey Edmund—, debes mostrar ahora toda tu valentía, pues te digo claramente que estamos en gran peligro.

—¿Cuál es, Edmund? —inquirió ella.

—Es éste: no creo que nos resulte fácil abandonar Tashbaan. Mientras el príncipe tenía esperanzas de que ibas a aceptarlo, hemos sido invitados de honor; pero, por la Melena del León, creo que en cuanto reciba tu categórica negativa no seremos tratados mejor que prisioneros.

Uno de los enanos emitió un apagado silbido.

—Ya se lo advertí a sus majestades, se lo advertí —dijo el cuervo Patas Amarillas—. Se entra fácilmente pero no se sale con la misma facilidad, ¡tal como dijo la langosta desde el interior del cesto!

—He estado con el príncipe esta mañana —prosiguió Edmund—. No está acostumbrado, y tanto peor para él, a que contraríen su voluntad, y se siente muy irritado por tus largas dilaciones y respuestas dubitativas. Esta mañana me ha insistido mucho en conocer tu decisión. Yo dejé la cuestión en el aire, con la intención al mismo tiempo de reducir sus esperanzas con algunas chanzas corrientes sobre los caprichos de las señoras, e insinué que era probable que su galanteo se viera rechazado. Se mostró muy enojado y peligroso. Hubo una especie de amenaza, aunque todavía velada bajo una muestra de cortesía, en cada una de sus palabras.

—Sí —corroboró Tumnus—, y cuando cené con el gran visir anoche, ocurrió lo mismo. Me preguntó qué me parecía Tashbaan, y yo, que no podía decirle que odiaba cada una de sus piedras y tampoco quería mentir, respondí que ahora, con la llegada de los días más calurosos del verano, mi corazón anhelaba los frescos bosques y las laderas cubiertas de rocío de Narnia. Me dedicó una sonrisa que no auguraba nada bueno y dijo: «No hay nada que te impida volver a danzar allí, pequeño cabritillo; siempre y cuando nos dejéis a cambio una novia para nuestro príncipe».

—¿Quieres decir que me convertiría en su esposa por la fuerza? —exclamó Susan.

—Eso es lo que temo, Susan —respondió Edmund—. Esposa, o esclava, que es peor.

—Pero ¿cómo puede hacerlo? ¿Cree el Tisroc que nuestro hermano, el Sumo Monarca, toleraría tal ultraje?

—Mi señor —dijo Peridan al rey—, no es posible que estén tan locos. ¿Creen acaso que no existen espadas y lanzas en Narnia?

—¡Ay! —dijo éste—. Lo que yo creo es que el Tisroc no siente demasiado temor de Narnia. Somos un país pequeño. Y países pequeños en las fronteras de un gran imperio siempre resultaron odiosos para los señores del gran imperio. Ansía suprimirlos, engullirlos. Cuando toleró que el príncipe fuera a Cair Paravel como tu pretendiente, hermana, puede que únicamente buscara un motivo para atacarnos. Lo más probable es que espere engullir de un bocado Narnia y Archenland a la vez.

—Que lo intente —declaró el segundo enano—. Para mar somos tan poderosos como él. Y para atacarnos por tierra tiene que cruzar el desierto.

—Cierto, amigo mío —repuso Edmund—. Pero ¿es el desierto una defensa segura? ¿Qué dice Patas Amarillas?

—Conozco bien el desierto —contestó el cuervo—, pues lo sobrevolé a lo largo y a lo ancho cuando era más joven...

Desde luego Shasta aguzó bien el oído para escuchar aquello.

—... Y una cosa es segura: si el Tisroc toma el camino del gran oasis no podrá conducir jamás un gran ejército hasta Archenland. Pues si bien podrían alcanzar el oasis al final de su primer día de marcha, los manantiales que hay allí son demasiado pequeños para la sed de todos esos soldados y sus animales. Pero existe otro camino.

Shasta escuchó con más atención aún.

—Quien quiera encontrar ese camino —siguió el cuervo— debe partir desde las Tumbas de los Antiguos Reyes y cabalgar al noroeste de modo que el pico doble del monte Pire quede siempre ante él. Y de este modo, tras un día de marcha o poco más, llegara al inicio de un valle pedregoso, que es tan estrecho que un hombre podría hallarse a doscientos metros de él y no darse cuenta de que está allí. Y al contemplar este valle no verá ni hierba ni agua ni nada que sea bueno. Pero si cabalga por él llegará a un río y siguiendo su curso penetrará en Archenland.

—¿Y conocen los calormenos este camino en dirección oeste? —inquirió la reina.

—Amigos, amigos —intervino Edmund—, ¿de qué sirve toda esta conversación? No se trata de si vencería Narnia o Calormen en caso de que estallara la guerra entre ellos. Queremos saber cómo salvar el honor de la reina y nuestras propias vidas al salir de esta ciudad malvada. Pues aunque mi hermano, Peter, el Sumo Monarca, derrotara al Tisroc una docena de veces, mucho antes de ese día nos habrían cortado el cuello y la reina sería la esposa, o con más probabilidad, la esclava, de ese príncipe.

—Tenemos nuestras armas, majestad —dijo el primer enano—, y esta casa se puede defender bastante bien.

—En cuanto a eso —respondió el rey—, no pongo en duda que cada uno de nosotros vendería cara su vida en la puerta y que sólo llegarían a la reina pasando por encima de nuestros cadáveres. De todos modos, no seríamos más que ratas peleando en una trampa al fin y al cabo.

—Muy cierto —graznó el cuervo—. Todo esto de hacerse fuerte en una casa ha dado origen a relatos muy interesantes, pero nada se consiguió jamás con ello. Tras verse rechazado unas cuantas veces, el enemigo siempre prende fuego a la casa.

—Yo soy la causa de todo esto —dijo Susan, prorrumpiendo en lágrimas—. ¡Ojalá no hubiera abandonado jamás Cair Paravel! Nuestro último día feliz fue antes de que llegaran aquellos embajadores de Calormen. Los topos estaban plantando un huerto para nosotros... ay... ay. —Y enterró el rostro en las manos y empezó a sollozar.

—Valor, Susan, valor —repuso Edmund—. Recuerda... pero ¿qué es lo que le sucede, señor Tumnus?

Pues el fauno se sujetaba los dos cuernos con las manos como si intentara mantener la cabeza en su sitio mediante ellas y se retorcía de un lado a otro como si sintiera un gran dolor en su interior.

—No me habléis, no me habléis —respondió Tumnus—. Estoy pensando. Estoy pensando de tal modo que apenas puedo respirar. Esperad, esperad, esperad, por favor.

Se produjo un momento de perplejo silencio y a continuación el fauno alzó los ojos, aspiró un buen rato, se secó la frente y dijo:

—La única dificultad es cómo bajar hasta nuestro barco, con algunas provisiones además, sin que nos vean y nos detengan.

—Sí —replicó un enano con frialdad—; del mismo modo que la única dificultad del mendigo cuando quiere cabalgar es que no tiene caballo.

—Aguardad, aguardad —insistió el señor Tumnus, impaciente—. Todo lo que necesitamos es algún pretexto para bajar a nuestro barco hoy y transportar material a bordo.

—Sí —dijo el rey Edmund en todo dubitativo.

—Bien, pues —siguió el fauno—, ¿qué os parecería si sus majestades rogaran al príncipe que asistiera a un gran banquete que se celebraría en nuestro galeón, el *Esplendor Diáfano*, mañana por la noche? Y que el mensaje esté redactado con toda la gentileza de que sea capaz la reina sin comprometer su honor, para dar al príncipe una esperanza de que empieza a ceder.

—Ésta es una buena trama, mi señor —graznó el cuervo.

—Y luego —continuó Tumnus, muy exaltado—, todo el mundo esperará que nos pasemos el día bajando al barco, para hacer todos los preparativos para nuestros invitados. Y algunos de nosotros podemos ir a los bazares y gastar todo lo que tengamos en los puestos de los fruteros,

los vendedores de dulces y los comerciantes de vinos, como haríamos si estuviéramos organizando realmente un banquete. Y podemos contratar ilusionistas, malabaristas, bailarinas y flautistas, para que estén todos a bordo mañana por la noche.

—Entiendo, entiendo —repuso el rey Edmund, frotándose las manos.

—Y entonces —prosiguió Tumnus— estaremos todos a bordo esta noche. Y en cuanto oscurezca...

—¡Arriba las velas y fuera los remos...! —dijo el monarca.

—Y nos haremos a la mar —exclamó Tumnus, dando un salto e iniciando un baile.

—Y con la proa hacia el norte —añadió el primer enano.

—¡Corriendo hacia casa! ¡Narnia y el norte nos esperan! —respondió el otro.

—¡Y el príncipe despertará a la mañana siguiente y descubrirá que los pájaros han volado! —dijo Peridan, aplaudiendo.

—¡Oh, maese Tumnus, querido maese Tumnus! —exclamó la reina, tomándolo de las manos y dando vueltas con él mientras el fauno bailaba—. Nos has salvado a todos.

—El príncipe nos perseguirá —indicó otro noble, cuyo nombre no había oído Shasta.

—Ése es el menor de mis temores —repuso Edmund—. He visto todas las naves del río y allí no hay ningún gran barco de guerra ni galeras veloces. ¡Ojalá nos persiga! Porque el *Esplendor Diáfano* puede hundir cualquier nave..., en el caso de que nos diera alcance.

—Mi señor —dijo el cuervo—, no escucharíais mejor estratagema que la del fauno aunque permaneciéramos en consejo durante siete días. Y ahora, tal como decimos nosotras las aves, los nidos antes que los huevos, que viene a decir, comamos primero y luego pongámonos manos a la obra de inmediato.

Todos se levantaron al escuchar aquello y se abrieron las puertas y los nobles y las criaturas se colocaron a un lado para permitir que el rey y la reina salieran primero. Shasta se preguntó qué debía hacer, pero el señor Tumnus le dijo:

—Quedaos ahí acostado, alteza, y os traeré un buen almuerzo dentro de unos momentos. No es necesario que os mováis hasta que estemos listos para embarcar.

Así pues, Shasta apoyó la cabeza de nuevo en los almohadones y no tardó en quedarse solo en la habitación.

«Es terrible», pensó, y ni por un momento se le pasó por la cabeza contar a aquellos narnianos toda la verdad y solicitar su ayuda. Habiendo sido criado por un hombre duro y avaro como Arsheesh, tenía por costumbre no contar nada a los adultos si podía evitarlo: pensaba que siempre lo estropearían todo o impedirían cualquier cosa que uno intentara hacer. Se dijo que incluso aunque el rey de Narnia pudiera mostrarse amistoso con los dos caballos porque eran bestias parlantes de su país, odiaría a Aravis por ser una calormena, y o bien la vendería como esclava o la enviaría de regreso con su padre. En cuanto a él mismo, «Sencillamente no me atrevo a decirles que no soy el príncipe Corin —pensó—. He oído todos sus planes. Si supieran que no soy uno de ellos, jamás me dejarían salir con vida de esta casa. Temerían que los delatara al Tisroc. Me matarían. ¡Y si aparece el auténtico Corin, todo se sabrá! ¡Me van a matar!». No tenía, como puedes ver, ni idea del modo en que actúa la gente noble y que ha nacido libre.

«¿Qué voy a hacer? ¿Qué voy a hacer? —no dejaba de repetirse—. Vaya... ahí vuelve esa criatura que parece una cabra.»

El fauno trotó al interior, medio bailando, con una bandeja en las manos que era casi tan grande como él. La depositó sobre una mesa con adornos de marquetería situada junto al sofá de Shasta, y se sentó sobre el suelo alfombrado con las patas de cabra cruzadas.

—Ahora, principito —dijo—. Comed bien. Será vuestra última comida en Tashbaan.

Fue una comida magnífica al estilo de Calormen. No sé si a ti te habría gustado o no, pero a Shasta le gustó. Había langostas, ensalada, agachadiza rellena de almendras y trufas, un complejo plato realizado con hígados de pollo, arroz, pasas y nueces, y había melones fríos y dulces de grosellas y también de moras, y toda clase de cosas

agradables que puedan hacerse con helado. También había una pequeña jarra de vino del que llaman «blanco», aunque en realidad sea amarillo.

Mientras Shasta comía, el buen fauno, que pensaba que el muchacho estaba todavía aturdido por una insolación, no dejó de hablarle sobre lo bien que iría todo cuando hubieran regresado a casa; sobre su anciano padre el rey Lune de Archenland y el castillo donde vivía, en las laderas meridionales del desfiladero.

—Y no olvidéis —le dijo el señor Tumnus—, que se os ha prometido vuestra primera armadura y vuestro primer caballo de batalla para el próximo cumpleaños. Y entonces su alteza empezará a aprender a participar en justas y torneos. Y dentro de unos cuantos años, si todo va bien, el rey Peter ha prometido a vuestro real padre que él mismo os nombrará caballero en Cair Paravel. Y mientras tanto tendrán lugar muchas idas y venidas entre Narnia y Archenland a través del paso de las montañas. Y desde luego, recordaréis que habéis prometido venir a quedaros conmigo toda una semana durante el festival de verano, y a lo largo de toda la noche habrá hogueras y bailes de faunos y driades en el corazón del bosque y, ¿quién sabe?... ¡a lo mejor veremos al mismo Aslan!

Terminada la comida el fauno indicó a Shasta que permaneciera tranquilamente donde estaba.

—Y no os haría ningún daño dormir un poco —añadió—. Os despertaré con tiempo más que suficiente para subir a bordo. Y luego, a casa. ¡Narnia y el norte nos esperan!

Shasta había disfrutado tanto con la comida y con todas las cosas que Tumnus le había contado

que cuando se quedó solo sus pensamientos tomaron un giro distinto. Sólo deseaba que el auténtico príncipe Corin no regresara hasta que fuera
demasiado tarde y que a él se lo llevaran a Narnia
en el barco. Me temo que no se le ocurrió pensar en
absoluto sobre lo que le podría suceder al auténtico
Corin cuando se encontrara abandonado en Tashbaan. Le preocupaba un poco pensar que Aravis y
Bree lo estarían esperando en las Tumbas; pero
entonces se dijo: «Bueno, ¿y qué puedo hacer?» y
«De todos modos, esa Aravis cree que es demasiado buena para andar por ahí conmigo, de modo
que por mí puede ir sola», y al mismo tiempo no
podía evitar pensar que resultaría mucho más
agradable ir a Narnia por mar que avanzando
penosamente por el desierto.

Una vez que hubo pensado en todo aquello,
hizo lo que supongo que cualquiera habría hecho
si se hubiera levantado muy temprano, efectuado
una larga caminata, disfrutado de muchas emo-
ciones, devorado una comida deliciosa y luego se
hallara acostado en un sofá en una habitación
fresca y silenciosa salvo por el zumbido de alguna
abeja que hubiera entrado por una de las ventanas abiertas: se durmió.

Lo despertó un fuerte estrépito y saltó del sofá
con los ojos muy abiertos. Comprendió al instan-

te, por el simple aspecto de la habitación —las luces y sombras tenían todas un aspecto distinto— que debía de haber dormido durante varias horas. También vio la causa del estrépito: un valioso jarrón de porcelana que había estado colocado sobre el alféizar de la ventana estaba en el suelo roto en treinta pedazos. Sin embargo apenas prestó atención a aquellas cosas; en lo que sí se fijó fue en dos manos que se sujetaban al alféizar desde el exterior. Se aferraron cada vez con más fuerza, hasta que los nudillos se tornaron blancos, y a continuación apareció una cabeza y un par de hombros. Al cabo de un instante, un muchacho de la misma edad que Shasta estaba sentado a horcajadas en la ventana, con una pierna colgando en el interior de la habitación.

Shasta no se había visto nunca el rostro en un espejo, y aunque lo hubiera hecho, podría no haberse dado cuenta de que, en condiciones normales, el otro muchacho debía de ser casi idéntico a él. En aquel momento, no obstante, el recién llegado no se parecía especialmente a nadie ya que tenía el ojo morado más espectacular que uno hubiera visto jamás; le faltaba un diente, y las ropas, que sin duda eran magníficas cuando se las puso, estaban desgarradas y sucias, y además tenía el rostro manchado de sangre y barro.

—¿Quién eres? —preguntó el muchacho en un susurro.

—¿Eres el príncipe Corin? —inquirió Shasta.

—Sí, claro. Pero ¿quién eres tú?

—No soy nadie, nadie en particular, quiero decir —repuso Shasta—. El rey Edmund me atrapó en la calle y me confundió contigo. Supongo que debemos de parecernos. ¿Puedo salir del mismo modo que entraste tú?

—Sí, si sabes trepar —dijo Corin—. Pero ¿por qué tienes tanta prisa? Caramba, sería divertido aprovechar eso de que nos confundan al uno con el otro.

—No, no —protestó Shasta—. Debemos intercambiar nuestros puestos inmediatamente. Resultaría espantoso si el señor Tumnus regresara y nos encontrara a los dos aquí. He tenido que fingir ser tú. Y te vas esta noche, en secreto. Por cierto, ¿dónde has estado todo este tiempo?

—Un muchacho de la calle contó un chiste repugnante sobre la reina Susan —explicó el príncipe Corin—, de modo que lo derribé de un puñetazo. Se marchó chillando a una casa y salió su hermano mayor, así que lo derribé a él también. Entonces todos salieron en mi persecución hasta que tropezamos con tres hombres mayores con lanzas a los que llaman la Ronda. Entonces peleé con la Ronda y ellos me derribaron. Empezaba a oscurecer para entonces, y la Ronda me llevó para encerrarme en alguna parte. Yo les pregunté si les gustaría una jarra de vino y dijeron que no les importaría tomarla, así que los conduje a una vinatería y les pedí un poco de vino y ellos se sentaron y bebieron hasta quedarse dormidos. Pensé que ya era hora de que me marchara; me fui en silencio y entonces encontré al primer muchacho, el que había empezado todo el embrollo, que todavía andaba por allí. De modo que le volví a pegar. Después de eso trepé por una tubería hasta el tejado de una casa y me quedé allí muy quieto hasta que empezó a amanecer. Desde entonces he estado intentando encontrar el camino de regreso. Oye, ¿hay algo de beber?

—No, me lo he bebido yo —respondió Shasta—. Y ahora, muéstrame cómo entraste. No hay tiempo que perder. Será mejor que te acuestes en el sofá y finjas..., pero me olvidaba. No servirá de nada con todos esos golpes y el ojo morado. Tendrás que decirles la verdad, una vez que yo me haya ido.

—¿Qué otra cosa pensabas que les diría? —inquirió el príncipe con una expresión más bien enojada—. ¿Y quién eres tú?

—No hay tiempo —respondió Shasta con un susurro histérico—. Soy un narniano, creo; de alguna parte del norte, seguro. Pero he pasado toda la vida en Calormen. Y voy a escapar: cruzando el desierto; con un caballo parlante llamado Bree. Y ahora, ¡rápido! ¿Cómo salgo?

—Mira —respondió Corin—, déjate caer desde esta ventana sobre el techo de la terraza. Pero debes hacerlo sin hacer ruido, disimuladamente, o te oirán. Luego, si sigues hacia la izquierda podrás subir a lo alto de aquella pared si es que sabes trepar. A continuación sigue la pared hasta la esquina. Salta sobre el montón de basura que encontrarás en el exterior, y estarás fuera.

—Gracias —dijo Shasta, que estaba sentado ya en el alféizar.

Los dos muchachos se miraron mutuamente al rostro y de improviso descubrieron que eran amigos.

—Adiós —respondió Corin—. Y buena suerte. Espero que consigas escapar sin problemas.

103

—Adiós —repuso Shasta—. ¡Yo diría que has corrido una buena aventura!

—Nada comparada con la tuya —contestó el príncipe—. Ahora déjate caer; con cuidado... Oye —añadió mientras el otro saltaba—, espero que nos encontremos en Archenland. Ve a ver a mi padre, el rey Lune, y dile que eres un amigo mío. ¡Cuidado! Oigo acercarse a alguien.

CAPÍTULO 6

Shasta entre las Tumbas

Shasta corrió sigilosamente, sin hacer ruido, por el techo, que estaba muy caliente y le quemaba los pies desnudos. Necesitó apenas unos pocos segundos para encaramarse a la pared del extremo opuesto, y cuando llegó a la esquina descubrió a sus pies una calle estrecha y maloliente, y allí estaba el montón de basura apoyado contra la pared, tal como Corin le había dicho. Antes de saltar echó una veloz mirada a su alrededor para orientarse. Al parecer había ido a parar a lo alto de la cima de la colina-isla sobre la que estaba construida Tashbaan. Todo descendía ante él, tejados lisos tras tejados lisos, bajando hasta las torres y almenas de la muralla septentrional de la ciudad. Más allá de ésta estaba el río y, pasado el río, una corta pendiente cubierta de jardines. Sin embargo, más allá aún había algo que no se parecía a nada que hubiera visto; una cosa enorme de un color amarillo grisáceo, llana como un mar en calma, y que se extendía durante kilómetros. Al otro extremo de aquello se veían enormes masas azules, aterronadas pero con bordes afilados, y algunas de ellas con la parte superior blanca.

«¡El desierto! ¡Las montañas!», pensó Shasta.

Saltó sobre el montón de basura y empezó a trotar colina abajo, tan de prisa como pudo, por la estrecha callejuela, que no tardó en conducirlo a una calle más ancha donde había más gente. Nadie se molestó en mirar al chiquillo harapiento que corría descalzo, pero, de todos modos, se sintió inquieto y preocupado hasta que dobló una esquina y vio las puertas de la ciudad ante sí. Aquí se vio apretujado y empujado ligeramente, pues había mucha gente que también se dirigía a la salida; y en el puente situado al otro lado de la entrada la multitud se convirtió en una lenta procesión, más parecida a una cola que a una muchedumbre. Allí en el exterior, con una transparente corriente de agua a ambos lados, el ambiente resultaba deliciosamente fresco tras el olor, el calor y el ruido de Tashbaan.

En cuanto alcanzó el otro extremo del puente, Shasta se encontró con que la multitud se disolvía: todo el mundo parecía dirigirse a la izquierda o a la derecha a lo largo de la orilla del río. El muchacho en cambio se dirigió directo al frente, ascendiendo por una carretera que no parecía muy utilizada, situada entre jardines. Al cabo de unos pocos metros se encontró totalmente solo, y unos cuantos metros más lo llevaron a lo alto de la cuesta. Allí se detuvo y abrió desmesuradamente los ojos. Era como llegar al fin del mundo, pues toda la maleza se detenía de un modo repentino ante él y allí empezaba la arena: una arena plana e interminable, como en una playa pero un poco más áspera porque no estaba nunca mojada. Las montañas, que entonces parecían más lejanas que antes, se elevaban amenazadoras al frente. Con gran alivio por su parte vio, a unos cinco minutos de marcha a su izquierda, lo que sin duda debían de ser las Tumbas, tal como las había descrito Bree; enormes masas de piedra desmoronada en forma de colmenas gigantes, pero un poco más estrechas. Parecían muy negras y siniestras, pues el sol empezaba a ponerse justo por detrás de ellas.

Volvió el rostro al oeste y corrió hacia las Tumbas. No pudo evitar buscar con insistencia cualquier señal de sus amigos, a pesar de que el sol que se ponía le daba directamente en el rostro y apenas podía ver nada. «Y de todos modos —pensó—, seguro que estarán al otro lado de la Tumba más alejada, no en este lado, donde cualquiera podría verlos desde la ciudad.»

Había unas doce Tumbas, cada una con una entradita en forma de arco que daba a una oscuridad total. Estaban desperdigadas por el terreno sin ninguna clase de orden, de modo que se tardaba bastante, dando la vuelta a ésa y rodeando aquélla, en poder estar seguro de que se había mirado en la parte posterior de todas y cada una de las tumbas. Eso fue lo que Shasta tuvo que hacer. Pero no encontró a nadie.

Allí, en el borde del desierto, reinaba un gran silencio, y el sol se había puesto ya por completo.

Repentinamente, de algún lugar situado detrás de él surgió un terrible sonido. Shasta sintió que

el corazón le daba un gran vuelco y tuvo que morderse la lengua para evitar lanzar un grito. Al cabo de un momento supo de qué se trataba: eran las trompetas de Tashbaan que sonaban para anunciar el cierre de las puertas.

—No seas cobarde —se dijo Shasta—. Pero ¡si no es más que el sonido que has oído esta mañana!

Claro que existe una gran diferencia entre un sonido que te permite entrar con tus amigos por la mañana, y otro que te cierra el acceso cuando estás solo al anochecer. Y ahora que las puertas estaban cerradas comprendió que no existía la menor posibilidad de que los otros se reunieran con él aquella noche. «O bien se han quedado encerrados en Tashbaan para pasar la noche —pensó el muchacho— o se han ido sin mí. No me extrañaría nada que Aravis hiciera algo así. Pero Bree no lo haría. ¡No, él no me haría eso! ¿O sí?»

La idea que Shasta tenía de Aravis volvía a ser totalmente errónea. La chiquilla era orgullosa y podía ser muy difícil de tratar, pero era de fiar como el acero y jamás habría abandonado a un compañero, tanto si éste le caía bien como si no.

Ahora que sabía que tendría que pasar la noche solo y, a cada minuto que pasaba, oscurecía más; a Shasta empezó a gustarle cada vez menos el aspecto de aquel lugar. Había algo muy inquietante en aquellas enormes y silenciosas formas de piedra. Llevaba mucho rato haciendo un esfuerzo supremo para no pensar en espectros: pero ya no conseguía aguantar más.

—¡Uh! ¡Uh! ¡Socorro! —gritó de repente, pues en ese instante sintió que algo le tocaba la pierna.

No creo que pueda culparse a nadie por gritar si algo se le acerca por detrás y lo toca; no en un lugar como aquél y en un momento así, en que uno ya está asustado. El caso es que Shasta se sintió demasiado aterrorizado como para echar a correr. Cualquier cosa habría sido mejor que dar vueltas y más vueltas alrededor de las sepulturas de los Antiguos Reyes perseguido por algo a lo que no se atrevía a mirar. En su lugar, hizo sin duda lo más sensato que podía hacer. Volvió la cabeza; y el corazón casi le estalló de alivio. Lo que lo había tocado no era más que un gato.

La luz era demasiado pobre ya para que Shasta pudiera distinguir gran cosa del animal, excepto que era grande y muy solemne. Parecía como si hubiera vivido durante muchos, muchos años, entre las Tumbas, solo, y sus ojos hacían pensar que poseía secretos que no quería contar.

—Minino, minino —llamó Shasta—. Supongo que tú no eres un gato parlante.

El gato lo miró más fijamente que antes. Luego

empezó a alejarse y sin pensárselo dos veces, Shasta lo siguió. El animal lo condujo por entre las Tumbas y lo apartó de ellas, hasta llegar al lado que daba al desierto; una vez allí se sentó muy tieso con la cola enrollada alrededor de las patas y con el rostro vuelto en dirección al desierto, a Narnia y al norte, tan inmóvil como si vigilara la llegada de algún enemigo. Shasta se acostó junto a él con la espalda en contacto con el gato y el rostro vuelto hacia las Tumbas, porque si uno se siente nervioso no hay nada como tener el rostro vuelto en dirección al peligro y algo cálido y sólido a la espalda. La arena no le habría parecido muy cómoda a otro, pero Shasta llevaba semanas durmiendo en el suelo y apenas lo notó. No tardó en dormirse, aunque incluso en sus sueños siguió preguntándose qué habría sucedido con Bree, Aravis y Hwin.

Lo despertó repentinamente un sonido que no había oído nunca.

—Tal vez sea sólo una pesadilla —se dijo.

En ese mismo instante se dio cuenta de que el gato ya no estaba a su espalda y lamentó que se hubiera ido. De todos modos se quedó acostado muy quieto, sin siquiera abrir los ojos, porque estaba seguro de que se sentiría más asustado si se incorporaba y paseaba la mirada por las Tumbas y la soledad; igual que cualquiera de nosotros se quedaría inmóvil con la cabeza bajo las sábanas. Pero entonces volvió a oírse el ruido; un grito penetrante y ronco que surgió a su espalda desde el interior del desierto. En esa ocasión, desde luego, sí que abrió los ojos y se incorporó.

La luna brillaba con fuerza. Las Tumbas —mucho más grandes y cercanas de lo que imaginaba— aparecían grises bajo la luz de la luna. En realidad, se parecían tremendamente a personas enormes, envueltas en túnicas grises que les cubrían cabezas y rostros; no eran en absoluto cosas que uno agradece tener cerca cuando se pasa la noche en un lugar desconocido. Sin embargo, el ruido procedía de la dirección opuesta, del desierto. Shasta se vio obligado a dar la espalda a las Tumbas, lo que no le hizo ninguna gracia, y fijar la mirada en la llanura de lisa arena. El salvaje grito volvió a sonar.

«Espero que no se trate de más leones», pensó. A decir verdad no se parecía mucho a los rugidos de león que había oído la noche que encontraron a Hwin y Aravis, y era en realidad el grito de un chacal; aunque, claro está, Shasta no lo sabía. Incluso, de haberlo sabido, tampoco habría sentido muchas ganas de encontrarse con un chacal.

Los gritos resonaron una y otra vez.

«Sea lo que sea, hay más de uno —pensó—. Y se van acercando.»

Supongo que si hubiera sido un muchacho sensato habría regresado por entre las Tumbas hasta llegar más cerca del río, donde había casas y era menos probable que se acercaran los animales salvajes. Claro que estaban, o él creía que estaban, los espectros, y regresar pasando por las Tumbas significaría pasar junto a las oscuras entradas de los sepulcros; y ¿qué podría salir de ellos? Tal vez fuera una estupidez, pero Shasta sintió que prefería arriesgarse con los animales salvajes. Luego, a medida que los gritos se fueron acercando más, empezó a cambiar de idea.

Estaba a punto de salir corriendo cuando de repente, entre él y el desierto, apareció un animal dando saltos. Como la luna quedaba a su espalda, parecía totalmente negro, y Shasta no supo lo que era, sólo distinguió que tenía una enorme cabeza peluda y andaba a cuatro patas. No pareció advertir la presencia del muchacho, pues se detuvo de repente, volvió la cabeza en dirección al desierto y profirió un rugido que resonó por entre las Tumbas y pareció estremecer la arena bajo los pies del niño. Los gritos de las otras criaturas cesaron súbitamente y al muchacho le pareció oír patas que se marchaban corriendo. Entonces la enorme bestia se volvió para estudiar a Shasta.

«Es un león, sé que es un león —pensó Shasta—. Estoy perdido. ¿Dolerá mucho? Ojalá ya hubiera acabado todo. Me pregunto si sucede algo después de morir. ¡Ooooh! ¡Ahí viene!» Cerró los ojos y apretó los dientes con fuerza.

No obstante, en lugar de colmillos y zarpas sólo sintió algo cálido que se tumbaba a sus pies, y cuando abrió los ojos exclamó:

—¡Caramba, pero si no es tan grande como creía! Es la mitad de lo que yo había pensado. No, no es ni una cuarta parte. ¡Vaya! Pero ¡si no es más que el gato! Debo de haber soñado todo eso de que era tan grande como un caballo.

Y tanto si había estado soñando como si no, lo que estaba en aquellos momentos tumbado a sus pies, y contemplándolo de un modo desconcertante con sus enormes y fijos ojos verdes, era el gato; aunque desde luego uno de los gatos más grandes que había visto jamás.

—Minino —jadeó Shasta—. Cuánto me alegro de verte de nuevo. He tenido unos sueños horribles.

Volvió a acostarse inmediatamente, su espalda en contacto en el lomo del gato, tal como habían estado al inicio de la noche, y el calor del animal embargó todo su cuerpo.

—Jamás volveré a hacerle una jugarreta a un gato mientras viva —prometió, medio al gato medio a sí mismo—. Lo hice una vez, ¿sabes? Arrojé piedras a un sarnoso gato callejero medio muerto de hambre. ¡Eh! Deja de hacer eso. —El gato se había dado la vuelta y lo había arañado—. Nada de eso —ordenó Shasta—. Cualquiera diría que comprendes lo que digo. —A continuación se quedó dormido.

A la mañana siguiente, cuando despertó, el gato se había ido, el sol ya había salido y la arena ardía. Shasta, muerto de sed, se sentó y se frotó los ojos. El desierto mostraba un blanco cegador y, aunque se oía un murmullo de voces procedente de la ciudad situada a su espalda, el lugar donde estaba sentado se hallaba en perfecto silencio. Cuando miró un poco hacia la izquierda y el oeste, para que el sol no le diera en los ojos, vio las montañas en el otro extremo del desierto, tan definidas y nítidas que parecían hallarse a pocos pasos de distancia. Advirtió especialmente una cima azulada que se dividía en dos picos en lo alto y decidió que aquello debía de ser el monte Pire. «Ésa es nuestra dirección, a juzgar por lo que dijo el cuervo —pensó—, así pues me aseguraré de ello, para no perder tiempo cuando los otros aparezcan.» De modo que efectuó un profundo surco bien definido con el pie, que señalaba directamente hacia el monte Pire.

La siguiente tarea, por supuesto, era conseguir algo de comer y beber. Shasta trotó de regreso por entre las Tumbas —ahora parecían normales y corrientes y se preguntó cómo podía haber sentido miedo de ellas— y descendió hasta los terrenos de cultivo situados junto al río. Había unas cuantas personas por allí, pero no muchas, ya que las puertas de la ciudad llevaban abiertas varias horas y las multitudes de primeras horas de la mañana ya habían entrado en ella. Debido a ello no tuvo demasiados problemas para efectuar una pequeña «incursión», como lo llamaba Bree. Requirió escalar el muro de un jardín y dio como resultado la obtención de tres naranjas, un melón, un higo o dos, y una granada. Después de eso, bajó a la orilla del río, pero no demasiado cerca del puente, y bebió. El agua resultaba tan agradable que se quitó las ardientes y sucias ropas y se dio un chapuzón; pues desde luego, al haber vivido en la playa toda su vida, Shasta había aprendido a nadar casi al mismo tiempo que a andar. Cuando salió se acostó en la hierba mirando por encima del agua a Tashbaan, contemplando todo su esplendor, poder y gloria. Aquello le hizo recordar también sus peligros. De repente se dio cuenta de que los otros podrían haber llegado a las Tumbas mientras él se bañaba —«y probablemente haberse marchado sin mí», se dijo— de modo que se vistió muy asustado y regresó corriendo a tal velocidad que estaba sudoroso y sediento cuando llegó y de nada le sirvió haberse dado un baño.

Tal como acostumbra a suceder cuando uno está solo y espera algo, aquel día pareció tener cien horas. Tuvo mucho tiempo para pensar, desde luego, pero permanecer sentado a solas, pensando únicamente, hace que el tiempo transcurra muy despacio. Pensó mucho en los narnianos y en especial en Corin, y se preguntó qué habría sucedido cuando descubrieron que el muchacho que había estado acostado en el sofá y escuchando todos sus planes secretos no era Corin en realidad. Resultaba muy desagradable pensar que todas aquellas personas tan amables lo tomarían por un traidor.

Sin embargo, mientras el sol ascendía muy lentamente hasta lo alto del cielo y luego volvía a descender muy despacio hacia el oeste, y no aparecía nadie ni sucedía nada, empezó a sentirse más y más inquieto. Y entonces se dio cuenta de que cuando acordaron esperarse mutuamente en las Tumbas nadie había dicho nada sobre «cuánto tiempo». ¡No podía aguardar allí durante el resto de su vida! Y muy pronto volvería a oscurecer, y tendría que pasar otra noche idéntica a la anterior. Una docena de planes distintos pasaron por su mente, todos ellos pésimos, y al final escogió el peor de todos. Decidió aguardar hasta que oscureciera y luego regresar al río, robar tantos melones como pudiera transportar y marchar en dirección al monte Pire solo, confiando, para determinar la dirección a seguir, en la línea que había dibujado aquella mañana en la arena. Era una idea disparatada y si hubiera leído tantos libros como tú sobre viajes por desiertos jamás se le habría ocurrido; pero Shasta no había leído un libro en su vida.

Antes de que se pusiera el sol sucedió algo. Shasta estaba sentado a la sombra de una de las Tumbas cuando alzó la mirada y vio dos caballos que iban hacia él. A continuación el corazón le dio un vuelco, pues reconoció en ellos a Bree y a Hwin. Pero al cabo de un momento se le cayó el alma a los pies de nuevo. No se veía ni rastro de Aravis. Los caballos los conducía un hombre extraño, un hombre armado elegantemente vestido, como un esclavo de rango superior en una familia importante. Bree y Hwin ya no iban disfrazados de caballos de carga, sino que llevaban silla y brida. ¿Qué podía significar todo aquello? «Es una trampa —pensó Shasta—. Alguien ha atrapado a Aravis. Tal vez la hayan torturado y ella lo haya confesado todo. ¡Quieren que salga, que corra hacia ellos y le hable a Bree, y entonces también me atraparán a mí! Y sin embargo, si no lo hago, puedo perder mi única oportunidad de reunirme con los demás. Cómo desearía saber qué ha sucedido.» Y se ocultó tras la Tumba, echando un vistazo cada pocos minutos, mientras se preguntaba qué era lo menos peligroso que podía hacer.

CAPÍTULO 7

Aravis en Tashbaan

Lo que realmente había sucedido era esto. Cuando Aravis vio cómo los narnianos se llevaban a Shasta y se encontró sola con dos caballos que —muy sensatamente— no decían ni una palabra, no perdió los nervios ni por un segundo. Agarró el cabestro de Bree y permaneció quieta, sujetando a los dos caballos; y a pesar de que su corazón martilleaba con fuerza, no dejó traslucir nada. En cuanto los nobles narnianos hubieron pasado intentó seguir adelante otra vez; pero antes de que pudiera dar un paso, otro pregonero —«Qué pesada es toda esta gente», pensó Aravis— dejó oír su voz: «¡Abrid paso, abrid paso, abrid paso! ¡Abrid paso a la tarkina Lasaraleen!», e inmediatamente, siguiendo al pregonero, aparecieron cuatro esclavos armados y luego cuatro porteadores que transportaban una litera llena de revolo-

teantes cortinas de seda y tintineantes campanillas de plata que perfumó toda la calle con fragancias y flores. Detrás de la litera iban esclavas vestidas con hermosas prendas, y luego unos cuantos caballerizos, mensajeros, pajes y gente por el estilo. Y entonces Aravis cometió su primera equivocación.

Conocía bastante bien a Lasaraleen —casi como si hubieran ido juntas a la escuela— ya que a menudo se habían alojado en las mismas casas y asistido a las mismas fiestas, y por ese motivo no pudo evitar alzar los ojos para ver qué aspecto tenía Lasaraleen ahora que estaba casada y era, además, una persona muy importante.

Resultó fatal. Los ojos de las dos muchachas se encontraron, e inmediatamente Lasaraleen se incorporó en la litera y profirió a voz en grito:

—¡Aravis! ¿Qué diablos estás haciendo aquí? Tu padre...

No había un momento que perder. Sin la menor dilación, la muchacha soltó a los caballos, sujetó el borde de la litera, se izó junto a Lasaraleen y le murmuró furiosamente al oído:

—¡Cállate! ¿Me oyes? Cállate. Tienes que ocultarme. Di a tu gente...

—Pero, querida... —empezó la otra en el mismo elevado tono de voz, pues en realidad no le importaba en absoluto llamar la atención de la gente; de hecho más bien le gustaba.

—Haz lo que te digo o no te volveré a hablar —siseó Aravis—. Por favor, por favor, hazlo de prisa, Las. Es terriblemente importante. Di a tu gente que traiga a esos dos caballos. Echa todas las cortinas de la litera y marchemos a algún lugar donde no puedan encontrarme. Y hazlo rápido.

—De acuerdo, querida —respondió ella con su voz indolente—. ¡Oíd! Que dos de vosotros traigan los caballos de la tarkina —esto lo dijo dirigiéndose a los esclavos—. Y ahora a casa. Oye, cariño, ¿realmente crees que necesitamos tener las cortinas corridas en un día como éste? Quiero decir...

Pero Aravis ya había corrido las cortinas encerrando a Lasaraleen y a sí misma en una magnífica y perfumada, pero más bien mal ventilada, especie de tienda.

—No deben verme —explicó—. Mi padre no sabe que estoy aquí. ¡Estoy huyendo!

—Pero qué emocionante —exclamó la otra—. Me muero por enterarme de todo. Hermosa, estás sentada sobre mi vestido. ¿Te importa? Eso está mejor. Es nuevo. ¿Te gusta? Lo compré en...

—Las, por favor compórtate con seriedad —dijo Aravis—. ¿Dónde está mi padre?

—¿No lo sabías? —inquirió Lasaraleen—. Está aquí, desde luego. Llegó ayer a la ciudad y anda preguntando por ti en todas partes. ¡Y pensar que tú y yo estamos aquí juntas y él no sabe nada! Es lo más divertido que he oído jamás. —Y estalló en risitas ahogadas.

Siempre había sido una persona de risa fácil, como recordó entonces Aravis.

—Pues ¡a mí no me hace gracia! —replicó—. Es muy serio. ¿Dónde puedes esconderme?

—No existe ninguna dificultad al respecto, mi querida muchacha —repuso Lasaraleen—. Te llevaré a casa. Mi esposo está fuera y nadie te verá. ¡Uf! No me gusta nada llevar las cortinas corridas. Quiero ver gente. De nada sirve tener un vestido nuevo si una va a pasearse encerrada de este modo.

—Espero que nadie te haya oído cuando has gritado como lo has hecho —dijo Aravis.

—No, no, claro, querida —respondió su compañera distraídamente—. Pero ni siquiera me has dicho aún qué te parece mi vestido.

—Otra cosa —siguió Aravis—, debes decir a tu gente que trate a esos dos caballos con mucho respeto. Eso es parte del secreto. En realidad son caballos parlantes de Narnia.

—¡No me digas! —exclamó Lasaraleen—. ¡Qué emocionante! Por cierto, ¿has visto a la reina bárbara procedente de Narnia? Se encuentra en la ciudad en estos momentos. Dicen que el príncipe Rabadash está locamente enamorado de ella. Se han celebrado fiestas, cacerías y actividades maravillosas estos últimos quince días. A mí no me parece que ella sea tan bonita. Pero algunos de los hombres de Narnia son encantadores. Me llevaron a una fiesta en el río anteayer, y llevaba puesto mi...

—¿Cómo evitaremos que tu gente vaya diciendo que tienes un visitante, vestido como el hijo de un mendigo, en tu casa? Podría llegar fácilmente a oídos de mi padre.

—Vamos, no empieces a preocuparte por tonterías, sé buena chica —dijo Lasaraleen—. Te conseguiremos prendas adecuadas en un momento. ¡Y ya hemos llegado!

Los porteadores se habían detenido y la litera empezaba a descender al suelo. Una vez que se hubieron descorrido las cortinas, Aravis descubrió que se encontraba en un patio-jardín muy parecido a aquel al que habían llevado a Shasta pocos minutos antes en otra parte de la ciudad. Lasaraleen habría entrado inmediatamente en casa pero Aravis le recordó con un frenético susurro que recomendara a los esclavos que no hablaran a nadie de la extraña visitante de su señora.

—Lo siento, querida, se me había olvidado por completo —se disculpó su amiga—. Eh, todos vosotros, y también tú, portero: hoy no se permitirá salir a nadie de la casa; y todo aquel que encuentre hablando sobre esta joven dama será azotado hasta la muerte y luego quemado vivo y después de eso permanecerá a pan y agua durante seis semanas. He dicho.

Aunque Lasaraleen había mencionado que se moría de ganas de enterarse del relato de Aravis, no mostró ninguna señal de querer escucharlo de corazón. De hecho, era mucho mejor hablando que escuchando. Insistió en que su amiga tomara un largo y fastuoso baño —los baños de Calormen son famosos— y a continuación en vestirla con las ropas más elegantes antes de permitirle explicar nada. El alboroto que organizó para elegir los vestidos casi hizo enloquecer a Aravis. Recordó entonces que Lasaraleen había sido siempre así, interesada en los vestidos, las fiestas y los chismorreos, mientras que Aravis había sentido siempre más interés por los arcos, las flechas, los caballos, los perros y la natación. Es fácil adivinar que cada una consideraba tonta a la otra. No obstante, cuando por fin estuvieron las dos sentadas frente a una buena comida, compuesta principalmente por crema batida, gelatina y helado, en una hermosa habitación sostenida por columnas —que a Aravis le habría gustado más si el malcriado mono de su anfitriona no hubiera estado dando saltos por ella todo el rato—, Lasaraleen le preguntó finalmente por qué huía de casa.

—Pero, querida —dijo Lasaraleen, cuando Aravis finalizó su relato—, ¿por qué no te casas con el tarkaan Ahoshta? Todos están locos por él. Mi esposo dice que se está convirtiendo en uno de los hombres más importantes de Calormen. Acaban de nombrarlo gran visir ahora que el viejo Axartha ha muerto. ¿No lo sabías?

—No me importa. No soporto ni verlo —respondió ella.

—Pero, querida, ¡imagínatelo! Tres palacios, y uno de ellos es ese tan hermoso que hay junto al lago en Ilkeen. Muchos collares de perlas, según me han dicho. Baños de leche de burra. Y nos veríamos una barbaridad.

—Por lo que a mí respecta, puede quedarse con sus perlas y palacios —declaró ella.

—Siempre fuiste una chica rara, Aravis —dijo Lasaraleen—. ¿Qué más quieres?

Al final, no obstante, Aravis consiguió hacer que su amiga comprendiera que estaba resuelta, e incluso discutió sus planes con ella. Decidieron que no resultaría ningún problema conseguir que los dos caballos salieran por la puerta norte y luego fueran a las Tumbas. Nadie detendría ni haría preguntas a un caballerizo bien vestido que condujera un caballo de batalla y un caballo de silla de señora al río, y Lasaraleen tenía gran cantidad de caballerizos que enviar. No resultó tan fácil, sin embargo, decidir qué hacer respecto a Aravis. Ésta sugirió que la transportaran al exterior en una litera con las cortinas corridas, pero su amiga le dijo que las literas se usaban únicamente en la ciudad y que ver una saliendo por las puertas sin duda daría origen a preguntas.

Después de que hubieran hablado durante un buen rato —y fue tan larga la conversación porque a Aravis le costó mucho conseguir que su amiga se ciñera al tema— finalmente Lasaraleen dio una palmada y exclamó:

—¡Tengo una idea! Existe un modo de salir de la ciudad sin utilizar las puertas. El jardín del Tisroc, que viva eternamente, desciende directamente hasta el agua y hay una pequeña puertecita que da a la corriente. Sólo para los habitantes de palacio, claro... pero ya sabes, querida —aquí rió disimuladamente—, nosotros somos casi gente de palacio. Oye, ha sido una suerte que vinieras a mí. El querido Tisroc, que viva eternamente, es amabilísimo. Nos pide que vayamos a palacio casi cada día y es como un segundo hogar. Quiero a todos los príncipes y princesas y «adoro» con todas la letras al príncipe Rabadash. Puedo entrar allí cuando quiera y visitar a las damas de palacio a cualquier hora del día o de la noche. ¿Por qué no deslizarme en el interior contigo, después de oscurecer, y dejarte salir por la puerta del río? Siempre hay unas cuantas barquichuelas y otras embarcaciones atadas en el exterior. E incluso aunque nos alcanzaran...

—Todo se echaría a perder —zanjó Aravis.

—Querida, no te alteres tanto —protestó Lasaraleen—. Iba a decir que incluso si nos atraparan todos dirían simplemente que se trataba de una de mis alocadas bromas. Empiezan a conocerme bastante bien. El otro día, por ejemplo... escucha, querida, es divertidísimo...

—Quería decir que todo se echaría a perder para «mí» —indicó Aravis con cierta aspereza.

—Oh... ah... sí... realmente comprendo a lo que te refieres, querida. Bueno, ¿se te ocurre un plan mejor?

A Aravis no se le ocurría, y respondió:

—No; tendremos que arriesgarnos con éste. ¿Cuándo podemos ponerlo en práctica?

—Bueno, esta noche no —respondió su amiga—. Hay una gran fiesta, para la que por cierto tengo que empezar a peinarme dentro de unos minutos,

y todo el lugar estará lleno de luces. ¡Y habrá también muchísima gente! Tendrá que ser mañana por la noche.

Aquello era una mala noticia para la muchacha, pero tuvo que conformarse. La tarde transcurrió muy despacio y fue un alivio cuando Lasaraleen se marchó al banquete, pues Aravis estaba ya muy cansada de sus risitas y su charla sobre vestidos y fiestas, bodas, noviazgos y escándalos. Se acostó temprano y aquella parte del día sí la disfrutó: resultaba muy agradable tener almohadas y sábanas de nuevo.

Sin embargo el día siguiente transcurrió muy despacio. Lasaraleen quería volverse atrás con respecto al acuerdo y no dejaba de decirle a Aravis que Narnia era un país de nieves y hielo eternos habitado por demonios y hechiceros, y que estaba loca por pensar en ir allí.

—¡Y con un muchacho campesino, además! —exclamó—. Querida, piénsalo detenidamente. No está bien.

Aravis había pensado mucho en ello, pero estaba tan cansada de las tonterías de Lasaraleen en aquellos momentos que, por vez primera, empezó a pensar que viajar con Shasta era realmente bastante más divertido que la elegante vida en Tashbaan. Así pues, se limitó a responder:

—Olvidas que no seré nadie, igual que él, cuando lleguemos a Narnia. Y de todos modos, lo prometí.

—Y pensar —siguió Lasaraleen, casi llorando— que si tuvieras algo de sentido común podrías ser la esposa de un gran visir...

Aravis se marchó y fue a hablar en privado con los caballos.

—Debéis ir con un caballerizo un poco antes de la puesta del sol hasta las Tumbas —explicó—. Ya no llevaréis esos fardos. Volveréis a llevar sillas y bridas; pero tendrá que haber comida en las alforjas de Hwin y un odre lleno agua en las tuyas, Bree. El hombre tiene órdenes de dejaros a los dos tomar un buen trago en el extremo opuesto del puente.

—Y luego, ¡Narnia y el norte nos esperan! —musitó Bree—. Pero ¿y si Shasta no está en las Tumbas?

—Lo esperaremos, desde luego —respondió ella—. ¿Os habéis sentido cómodos durante vuestra estancia?

—Jamás he estado en una cuadra mejor en toda mi vida —dijo Bree—. Pero si el esposo de esa tonta tarkina amiga tuya le paga a su caballerizo mayor para que consiga la mejor avena, creo que el caballerizo mayor lo está estafando.

Aravis y Lasaraleen cenaron en la habitación de las columnas.

Unas dos horas más tarde ya estaban listas para ponerse en marcha. Aravis iba vestida para parecer una esclava de rango superior de una gran casa y llevaba un velo sobre el rostro. Habían acordado que si les hacían preguntas, Lasaraleen fingiría que Aravis era una esclava que conducía como regalo a una de las princesas.

Las dos muchachas marcharon a pie, y al cabo de unos pocos minutos llegaron a las puertas del palacio. Desde luego, allí había soldados de guardia pero el oficial conocía bastante bien a Lasaraleen e hizo que sus hombres se cuadraran y saludaran. Pasaron inmediatamente a la Sala de Mármol Negro. Un buen número de cortesanos, esclavos y otras personas se movían aún por la zona, pero eso sólo sirvió para que las dos muchachas llamaran menos la atención. Pasaron a la Sala de las Columnas, luego a la Sala de las Estatuas y siguieron por la columnata, pasando junto a las enormes puertas de cobre batido del Salón del Trono. Todo era magnífico más allá de toda descripción; al menos, lo poco que podían ver bajo la tenue luz de las lámparas.

Al poco tiempo salieron al patio ajardinado que descendía por la colina en varias terrazas. Cruzando al otro extremo de éste llegaron al Palacio Viejo. Había oscurecido casi por completo y se encontraron entonces en un laberinto de pasillos iluminados por una que otra antorcha sujeta a la pared mediante unas abrazaderas. Lasaraleen se detuvo en un punto en el que había que torcer a la izquierda o a la derecha.

—Sigue, por favor, sigue —musitó Aravis, a quien el corazón le latía como un caballo desbocado y que todavía tenía la impresión de que su padre podía tropezarse con ellas en cualquier esquina.

—Sólo me preguntaba... —empezó Lasaraleen—. No estoy totalmente segura de qué camino seguir desde aquí. Creo que es a la izquierda. Sí, estoy casi segura de que es a la izquierda. ¡Qué divertido es esto!

Tomaron el camino que torcía a la izquierda y se encontraron en un corredor que apenas estaba iluminado y que no tardó en descender en forma de peldaños.

—Todo va bien —declaró Lasaraleen—. Estoy segura de que vamos en la dirección correcta ahora. Recuerdo estos peldaños.

Justo entonces apareció una luz en movimiento al frente, y al cabo de un segundo, doblando una lejana esquina, vieron las oscuras formas de dos hombres que andaban de espaldas y sostenían largas velas. Y desde luego únicamente ante la realeza camina la gente hacia atrás. Aravis notó como Lasaraleen la sujetaba con fuerza del brazo, con aquella clase de repentino apretón que es casi un pellizco y que significa que la persona que te sujeta está realmente muy asustada. Aravis consideró curioso que Lasaraleen tuviera tanto miedo al Tisroc si éste era en realidad tan amigo suyo, pero no había tiempo para pensar, pues su amiga la conducía ya apresuradamente de vuelta hasta lo alto de la escalera, mientras tanteaba con desesperación la pared.

—Aquí hay una puerta —susurró—. Rápido.

Entraron, cerraron la puerta con sumo cuidado a su espalda, y se encontraron sumidas en una oscuridad total. Aravis se dio cuenta por la forma de respirar de Lasaraleen que ésta se sentía aterrorizada.

—¡Que Tash nos proteja! —musitó Lasaraleen—. ¿Qué haremos si entra aquí? ¿Podemos escondernos?

Había una alfombra mullida bajo sus pies, así que avanzaron a tientas hacia el interior de la habitación y tropezaron con un sofá.

—Ocultémonos detrás de él —lloriqueó Lasaraleen—. ¡Ojalá no hubiéramos venido!

Existía un pequeño espacio entre el sofá y la pared cubierta por una cortina, y las dos jovencitas se acurrucaron allí. Lasaraleen se las arregló para colocarse en la mejor posición y quedaba totalmente oculta, mientras que la parte superior del rostro de Aravis sobresalía por detrás del mueble, de modo que si alguien entraba en aquella habitación con una luz y daba la casualidad de que mirara justo al lugar adecuado, no podría evitar verla. Aunque desde luego, debido a que llevaba velo, lo que se vería no parecería de inmediato una frente y un par de ojos. Aravis empujó con desesperación para intentar que su amiga le hiciera un poco de sitio, pero Lasaraleen, totalmente egoísta debido al pánico, se debatió y le pellizcó los pies. Ambas se dieron por vencidas y se quedaron muy quietas, algo jadeantes. Su respiración parecía sumamente ruidosa, pero no se oía ningún otro ruido.

—¿Estamos a salvo? —inquirió Aravis por fin en un susurro apenas audible.

—E... eso creo —empezó Lasaraleen—. Pero mis pobres nervios...

En ese momento se oyó el más terrible de los sonidos que podían haber oído en aquel momento: el ruido de la puerta al abrirse. A continuación apareció una luz, y puesto que Aravis no podía esconder la cabeza ni un centímetro más detrás del sofá, lo vio todo.

Primero entraron los dos esclavos —sordomudos, como Aravis ya había supuesto, y por lo tanto acostumbrados a los consejos más secretos— andando de espaldas y sosteniendo las velas, y fueron a colocarse uno a cada extremo del sofá. Aquello fue bueno, pues desde luego era mucho más difícil que alguien viera a Aravis una vez que tenía a un esclavo delante y ella miraba por entre sus talones. A continuación apareció un hombre anciano, muy gordo, que llevaba una curiosa gorra puntiaguda por la que ella lo reconoció de inmediato como el Tisroc. La más insignificante de las joyas que lo cubrían valía más que todas las ropas y armas juntas de los nobles narnianos: pero estaba tan gordo y era una masa tal de volantes, pliegues, encajes, botones, borlas y talismanes que Aravis no pudo evitar pensar que el estilo narniano —al menos para los hombres— resultaba mucho más bonito. Tras él entró un joven alto con un turbante adornado con plumas y joyas en la cabeza y una cimitarra en una funda de marfil al costado. Parecía muy agitado y sus ojos y dientes centelleaban con ferocidad a la luz de las velas. En último lugar apareció un anciano arrugado y un poco jorobado en quien reconoció con un escalofrío al nuevo gran visir y su propio prometido, el tarkaan Ahoshta en persona.

En cuanto los tres hubieron entrado en la habitación y la puerta se cerró, el Tisroc se sentó en el diván con un suspiro de satisfacción, el joven fue a colocarse de pie a su lado, y el gran visir se arrodilló, apoyó los codos en el suelo y aplastó el rostro contra la alfombra.

CAPÍTULO 8

En la residencia del Tisroc

—¡Padre mío y deleite de mis ojos! —empezó el joven, farfullando las palabras a toda velocidad y de mal humor, dando a entender que, desde luego, el Tisroc no era el deleite de sus ojos—. Ojalá vivas eternamente, pero me has destruido totalmente. Si me hubieras dado la más veloz de las galeras al amanecer, cuando descubrí que el barco de los malditos bárbaros había abandonado el lugar donde estaba atracado, tal vez los hubiera alcanzado. Pero me persuadiste de que enviara primero a ver si no se habían limitado a dar la vuelta al promontorio en busca de un mejor fondeadero. Y ahora se ha malgastado todo el día. ¡Y ellos se han ido, se han ido, fuera de mi alcance! Esa falsa mujerzuela, esa...

En este punto añadió un gran número de descripciones de la reina Susan que no quedarían nada bien impresas; pues, claro está, aquel joven era el príncipe Rabadash y desde luego la mujerzuela era Susan de Narnia.

—Sosiégate, hijo mío —respondió el Tisroc—, pues la partida de invitados produce una herida que cicatriza rápidamente en el corazón del anfitrión juicioso.

—Pero la quiero —chilló el príncipe—. Tiene que ser mía. Moriré si no la consigo, ¡a pesar de que es una perra falsa, orgullosa y perversa! No puedo dormir y mi comida carece de sabor. Y mis ojos se nublan debido a su belleza. Tengo que ser dueño de la reina bárbara.

—Qué bien lo expresó un poeta genial —comentó el visir, alzando el rostro polvoriento de la alfombra— cuando dijo que son deseables grandes tragos de la fuente de la razón para extinguir el fuego del amor juvenil.

Sus palabras parecieron exasperar al príncipe.

—Perro —gritó, dirigiendo una serie de certeras patadas al trasero del visir—, no te atrevas a citarme a los poetas. Me han lanzado máximas y versos todo el día y ya no aguanto más.

Me temo que Aravis no sintió la menor lástima por el visir.

El Tisroc se hallaba aparentemente sumido en profunda meditación, pero cuando, tras una larga pausa, advirtió lo que sucedía, dijo tranquilamente:

—Hijo mío, desiste de una vez de asestar patadas al venerable e instruido visir: pues igual que una joya costosa retiene su valor incluso oculta en un estercolero, también la edad avanzada y la discreción deben respetarse incluso en la despreciable persona de nuestros súbditos. Desiste pues, y dinos qué deseas y propones.

—Deseo y propongo, padre mío —respondió Rabadash—, que llames a tus invencibles ejércitos, invadas ese tres veces maldito país de Narnia, lo arrases a fuego y espada y lo añadas a tu ilimitado imperio, matando a su Sumo Monarca y a toda su familia excepto a la reina Susan. Pues debo tenerla por esposa, aunque aprenderá una buena lección primero.

—Comprende, hijo mío —dijo el Tisroc—, que nada de lo que puedas decir me incitará a iniciar una guerra contra Narnia.

—Si no fueras mi padre, eterno Tisroc —replicó el príncipe, haciendo rechinar los dientes—, diría que son las palabras de un cobarde.

—Y si no fueras mi hijo, mi muy irritable Rabadash —contestó su padre—, tu vida sería corta y tu muerte lenta cuando lo hubieras dicho.

Dijo aquellas palabras con una voz tranquila y plácida que a Aravis le heló la sangre en las venas.

—Pero, por qué, padre mío —dijo el príncipe; en aquella ocasión en un tono de voz mucho más respetuoso—, ¿por qué debemos pensar dos veces la invasión de Narnia cuando no lo hacemos para colgar a un esclavo holgazán o convertir a un caballo agotado en comida para perros? No tiene ni la cuarta parte del tamaño de una de tus provincias de menor importancia. Mil lanzas la conquistarían en cinco semanas. Es un borrón indecoroso en las afueras de tu imperio.

—Sin lugar a dudas —respondió el Tisroc—. Estos pequeños países bárbaros que se denominan a sí mismos «libres», lo que equivale a decir «ociosos, desordenados e improductivos», resultan irritantes para los dioses y para todas las personas con criterio.

—En ese caso ¿por qué has tolerado que un país como Narnia permanezca sin sojuzgar durante tanto tiempo?

—Debéis saber, príncipe iluminado —intervino el gran visir—, que hasta el día en que vuestro eminente padre inició su benéfico e interminable reinado, el territorio de Narnia estaba cubierto de hielo y nieve y se hallaba, además, gobernado por una hechicera muy poderosa.

—Eso lo sé perfectamente, mi locuaz visir —respondió el príncipe—; pero también sé que la hechicera está muerta. Y el hielo y la nieve han desaparecido, de modo que Narnia es ahora un lugar saludable, fértil y encantador.

—Y este cambio, muy instruido príncipe, sin duda ha sido provocado por los poderosos encantamientos de esas perversas personas que ahora se llaman a sí mismas reyes y reinas de Narnia.

—Pienso más bien —indicó Rabadash—, que se ha producido debido a la alteración de las estrellas y la actuación de causas naturales.

—Todo esto —terció el Tisroc— es un asunto que deberán discutir los estudiosos. Jamás creeré que una alteración tan grande y la eliminación de la vieja hechicera se llevaran a cabo sin la ayuda de una magia poderosa. Y hay que esperar tales cosas en ese territorio, que se halla habitado principalmente por demonios bajo la apariencia de animales que hablan como los hombres, y monstruos que son mitad hombres y mitad bestias. Todos los informes indican que el Sumo Monarca de Narnia, a quien los dioses repudien, tiene el respaldo de un demonio de aspecto repugnante y una maldad irresistible que se manifiesta bajo la forma de un león. Por lo tanto, atacar Narnia es una empresa siniestra y dudosa, y estoy decidido a no alargar la mano más allá de donde pueda retirarla.

—¡Bienaventurado es Calormen —exclamó el visir, alzando de nuevo el rostro— por tener un gobernante al que los dioses se han complacido en otorgar prudencia y circunspección! No obstante, tal como el irrefutable y sapiente Tisroc ha dicho, es horroroso vernos forzados a mantener nuestras manos lejos de un plato tan exquisito como es Narnia. Gran talento tenía el poeta que dijo... —pero al llegar a este punto Ahoshta advirtió un impaciente movimiento de la punta del pie del príncipe y dejó las palabras en el aire.

—Es horrible —coincidió el Tisroc con su voz profunda y tranquila—. Todas las mañanas el sol aparece nublado ante mis ojos, y cada noche mi sueño resulta menos reparador, porque recuerdo que Narnia es aún libre.

—Padre mío —indicó Rabadash—, ¿y si te mostrara un modo mediante el que puedes alargar el brazo para hacerte con Narnia y a la vez retirarlo indemne si el intento resultara desafortunado?

—Si puedes mostrarme eso, Rabadash —respondió el gobernante—, serás el mejor de los hijos.

—Escucha pues, padre. Esta misma noche y en

esta misma hora tomaré únicamente doscientos hombres a caballo y cabalgaré a través del desierto. Y parecerá a ojos de todos que tú no estás enterado de mi marcha. Al llegar la segunda mañana me encontraré ante las puertas del castillo de Anvard, del rey Lune, en Archenland. Están en paz con nosotros y desprevenidos, de modo que tomaré Anvard antes de que hayan podido mover un dedo. Luego cruzaré el desfiladero situado por encima de Anvard y descenderé a través de Narnia hasta Cair Paravel. El Sumo Monarca no estará allí; cuando los dejé preparaba ya un ataque contra los gigantes de su frontera septentrional. Lo más probable es que encuentre Cair Paravel con las puertas abiertas, y entraré en él. Usaré prudencia y cortesía y derramaré tan poca sangre narniana como pueda. Y ¿qué me quedará entonces por hacer sino aguardar allí hasta que llegue el *Esplendor Diáfano*, con la reina Susan a bordo, capturar a mi ave extraviada, montarla sobre la silla, y luego, cabalgar, cabalgar y cabalgar de regreso a Anvard?

—Pero ¿no es probable, hijo mío, que en la captura de la mujer, o bien el rey Edmund o bien tú perdáis la vida? —indicó el Tisroc.

—Ellos serán un grupo reducido —repuso Rabadash—, y ordenaré a diez de mis hombres que lo desarmen y aten: reprimiré mi vehemente deseo de derramar su sangre para que así no exista una muerte que dé motivo alguno para una guerra entre el Sumo Monarca y tú.

—¿Y si el *Esplendor Diáfano* llega a Cair Paravel antes que tú?

—No es de esperar, con estos vientos, padre mío.

—Y finalmente, mi muy ingenioso hijo, has dejado claro cómo todo esto podría hacer que consiguieras a la mujer bárbara, pero no en qué sentido me sirve a mí para destruir Narnia.

—Padre mío, tal vez se te haya escapado que, aunque mis jinetes y yo entremos y salgamos de Narnia como una flecha disparada por un arco, tendremos Anvard para siempre... Y cuando poseas Anvard estarás sentado a las mismas puertas de Narnia, y tu guarnición allí puede ir aumentando poco a poco hasta convertirla en un gran ejército.

—Lo has expuesto con juicio y previsión. Pero ¿cómo retiro el brazo si todo esto se malogra?

—Dirás que lo hice sin tu conocimiento y en contra de tu voluntad, y sin tu bendición, obligado por la violencia de mi amor y la impetuosidad de la juventud.

—Y ¿qué sucederá si el Sumo Monarca exige

que enviemos de vuelta a la mujer bárbara, su hermana?

—Padre mío, ten por seguro que no lo hará. Pues aunque el capricho de una mujer ha rechazado este matrimonio, el Sumo Monarca Peter es un hombre prudente y comprensivo que de ningún modo deseará perder el gran honor y provecho de estar aliado con tu noble casa y ver a su sobrino y a su sobrino nieto en el trono de Calormen.

—No verá eso si vivo para siempre, como no dudo que sea tu deseo —respondió el Tisroc en un tono de voz aún más seco que de costumbre.

—Y también, padre mío y deleite de mis ojos —indicó el príncipe, tras un momento de incómodo silencio—, escribiremos cartas como si procedieran de la reina para decir que me ama y no siente el menor deseo de regresar a Narnia. Pues es bien sabido que las mujeres son tan variables como las veletas. E incluso aunque no crean totalmente lo que dicen las cartas, no se atreverán a venir armados a Tashbaan para llevársela.

—Instruido visir —dijo el Tisroc—, ofrécenos tu sabiduría respecto a esta extraña propuesta.

—Eterno Tisroc —respondió el aludido—, la fuerza del afecto paternal no me es desconocida y a menudo he oído que los hijos son a los ojos de los padres más preciosos que los rubíes. ¿Cómo podría, pues, osar exponer libremente ante vos lo que pienso acerca de una cuestión que podría poner en peligro la vida de este eminente príncipe?

—Sin duda alguna osarás —replicó el Tisroc—, pues descubrirás que los peligros que implicaría no hacerlo son al menos igual de grandes.

—Escucho y obedezco —gimió el desdichado—. Sabed pues, muy razonable Tisroc, en primer lugar, que el peligro para el príncipe no es en conjunto tan grande como podría parecer. Pues los dioses han negado a los narnianos la discreción, ya que toda su poesía no está, como la nuestra, llena de selectas sentencias breves e ingeniosas y útiles máximas, sino que es toda amor o guerra. Por lo tanto nada les parecerá más noble y admirable que una empresa tan alocada como esta de... ¡uh! —exclamó, interrumpiéndose, pues el príncipe, al escuchar la palabra «alocada», le había asestado otra patada.

—Desiste, hijo mío —ordenó el Tisroc—. Y tú, estimable visir, tanto si desiste como si no, no permitas en modo alguno que se interrumpa el caudal de tu elocuencia. Pues nada es más apropiado a personas sobrias y con decoro que soportar inconveniencias menores con constancia.

—Escucho y obedezco —respondió el visir, ladeándose ligeramente para apartar el trasero aún más de la punta del pie de Rabadash—. Nada, digo, parecerá tan excusable, si no estimable, a sus ojos que este... ejem... aventurado intento, en especial porque se realiza por amor a una mujer. Así pues, si el príncipe cayera por desgracia en sus manos, ciertamente no lo matarían. Claro que no, incluso podría suceder que, aunque no hubiera conseguido llevarse a la reina, la visión de su gran valor y la extremidad de su pasión inclinaran el corazón de ésta hacia él.

—Eso no está nada mal, viejo charlatán —dijo Rabadash—. Está muy bien, aunque no sé cómo ha podido salir de esa horrible cabeza tuya.

—Las alabanzas de mis amos son la luz de mis ojos —repuso Ahoshta—. Y en segundo lugar, Tisroc, cuyo reinado debe ser y será interminable, creo que con la ayuda de los dioses es muy probable que Anvard caiga en poder del príncipe. Y de ser así, tenemos Narnia atrapada por el cuello.

Se produjo una larga pausa y la habitación quedó tan silenciosa que las dos muchachas apenas osaban respirar. Por fin el Tisroc dijo:

—Márchate, hijo mío. Y haz lo que has dicho. Pero no esperes ni ayuda ni apoyo de mí. No te vengaré si te matan y no te liberaré si los bárbaros te encarcelan. Y si, bien en el éxito o en el fracaso, derramas una gota de más de la noble sangre narniana y ello da origen a una guerra abierta, mi favor no volverá a recaer jamás en ti y tu siguiente hermano ocupará tu puesto en Calormen. Márchate ahora. Sé veloz, discreto y afortunado. Que la fuerza de Tash el inexorable, el irresistible, esté en tu espada y lanza.

—Escucho y obedezco —exclamó Rabadash, y tras arrodillarse un instante para besar las manos de su padre salió a toda prisa de la habitación.

Con gran desesperación por parte de Aravis, que se sentía terriblemente entumecida, el Tisroc y el visir siguieron en la estancia.

—Visir —continuó el Tisroc—, ¿es cierto que ningún ser viviente sabe nada de este consejo que hemos mantenido aquí los tres esta noche?

—Amo mío —respondió Ahoshta—, es imposible que lo sepa alguien. Por ese mismo motivo propuse, y vos en vuestra sabiduría aceptasteis, que nos reuniéramos en el Palacio Viejo, donde jamás se celebra ningún consejo y ninguno de los miembros del palacio tiene motivos para venir.

—Eso está bien. Si alguien lo supiera, me ocuparía de que muriera antes de transcurrida una hora. Y también tú, prudente visir, olvídalo todo. Borro de mi corazón y del tuyo todo conocimiento de los planes del príncipe. Éste se ha marchado sin mi conocimiento ni mi consentimiento, no sé adónde, debido a su temperamento violento y a la impetuosa y desobediente disposición de la juventud. Nadie se sentirá más asombrado que tú y yo cuando nos enteremos de que Anvard está en su poder.

—Escucho y obedezco —dijo Ahoshta.

—Por lo tanto, jamás pensarás ni en la parte más recóndita de tu corazón que soy el más insensible de los padres que envía así a su primogénito en una misión que probablemente le causará la muerte, no obstante lo agradable que debe resultarte eso a ti, que no sientes ningún afecto por el príncipe; pues puedo leerlo en el fondo de tu mente.

—Impecable Tisroc —repuso el visir—, comparado con tu persona, yo no amo ni al príncipe ni a mi propia vida ni el pan ni el agua ni tampoco la luz del sol.

—Tus sentimientos resultan elevados y correctos. Yo tampoco amo ninguna de estas cosas en comparación con la gloria y poder de mi trono. Si el príncipe tiene éxito, tendremos Archenland y tal vez más adelante Narnia. Si fracasa... tengo otros dieciocho hijos, y Rabadash, a la manera de los hijos mayores de los reyes, empezaba a resultar peligroso. Más de cinco Tisroc en Tashbaan han muerto antes de hora porque sus hijos mayores, príncipes iluminados todos ellos, se cansaron de aguardar su acceso al trono. Es mucho mejor que enfríe su sangre en el extranjero que la lleve a ebullición aquí estando inactivo. Y ahora, excelente visir, la desmesura de mi ansiedad paternal me incita al sueño. Llama a los músicos a mis aposentos. Pero antes de que te acuestes, retira el indulto que escribimos para el tercer cocinero. Siento en mi interior los claros presagios de una indigestión.

—Escucho y obedezco —respondió el gran visir.

Se arrastró de espaldas a cuatro patas, luego se alzó, hizo una reverencia y salió. Aun así el Tisroc permaneció sentado en silencio en el diván hasta que Aravis casi empezó a temer que se hubiera quedado dormido. Finalmente, no obstante, entre grandes crujidos y suspiros alzó su enorme cuerpo, hizo una seña a los esclavos para que lo precedieran con las luces, y abandonó la habitación. La puerta se cerró a su espalda, la habitación volvió a quedar totalmente a oscuras, y las dos muchachas pudieron volver a respirar con libertad.

CAPÍTULO 9

A través del desierto

—¡Qué horror! ¡Qué espanto! —gimoteó Lasaraleen—. ¡Querida, estoy asustadísima! Tiemblo de pies a cabeza. Tócame.

—Vamos —dijo Aravis, que también temblaba—. Han regresado al Palacio Nuevo. En cuanto hayamos salido de esta habitación puede decirse que estaremos a salvo. Pero se ha perdido una barbaridad de tiempo. Llévame hasta la puerta del río tan rápido como puedas.

—Querida, ¿cómo puedes? —chilló Lasaraleen con voz aguda—. No puedo hacer nada..., ahora no. ¡Mis pobres nervios! No: debemos quedarnos acostadas muy quietas un rato y luego regresar.

—¿Por qué regresar?

—¿Es que no lo entiendes? Eres tan poco compasiva... —replicó Lasaraleen, empezando a llorar.

Aravis decidió que no era un buen momento para sentir compasión.

—¡Oye! —dijo, sujetando a su amiga y zarandeándola con energía—. Si dices otra palabra sobre regresar, y si no te pones en camino para llevarme a la puerta del río inmediatamente... ¿sabes lo qué haré? Saldré corriendo al pasillo y gritaré. Entonces nos atraparán a las dos.

—Pero ¡nos ma... matarán a las dos! —exclamó Lasaraleen—. ¿No has oído lo que ha dicho el Tisroc, que viva eternamente?

—Sí, y antes prefiero estar muerta que casada con Ahoshta. Así que, vamos.

—Eres cruel —dijo Lasaraleen—. ¡Y yo me siento tan mal!

Finalmente, sin embargo, se vio obligada a ceder ante Aravis. Encabezó la marcha descendiendo por los mismos peldaños de antes y luego siguió por otro pasillo hasta que por fin salieron. Se encontraron entonces en el jardín del palacio que bajaba en forma de terrazas hasta la muralla de la ciudad. La luna brillaba con fuerza. Uno de los inconvenientes de las aventuras es que, al llegar a los lugares más hermosos, a menudo uno se siente muy inquieto y tiene demasiada prisa para apreciarlos; de modo que Aravis, aunque los recordó años después, sólo logró evocar una vaga

impresión de céspedes grises, fuentes que borbo-
teaban plácidamente y largas sombras negras de
cipreses.

Cuando llegaron a la parte baja y el muro se
alzó amenazador ante ellas, Lasaraleen temblaba
tanto que no conseguía descorrer el cerrojo de la
puerta. Tuvo que hacerlo Aravis. Allí, por fin,
estaba el río, poblado de los reflejos de la luz de la
luna, y un pequeño desembarcadero con unas
cuantas embarcaciones de paseo.

—Adiós —dijo Aravis—, y gracias. Siento haber
sido tan desagradable. Pero ¡recuerda de qué
estoy huyendo!

—Aravis, querida —repuso Lasaraleen—. ¿No
piensas cambiar de idea? ¡Ahora que has visto
qué gran hombre es Ahoshta!

—¡Gran hombre! Es un repugnante esclavo ser-
vil que lisonjea cuando le dan patadas pero lo ate-
sora todo y espera desquitarse incitando a ese
horrible Tisroc a maquinar la muerte de su hijo.
¡Fu! Antes me casaría con el empleado de cocina
de mi padre que con una criatura como ésa.

—¡Oh, Aravis! ¿Cómo puedes decir cosas tan
horribles? ¡Y también sobre el Tisroc, que viva eternamente! ¡Tiene que estar bien si él va a hacerlo!

—Adiós —repitió Aravis—, y tus vestidos me
parecieron encantadores. Y encuentro que tu casa

también es encantadora. Estoy segura de que tendrás una vida encantadora; aunque a mí no me gustaría. Cierra la puerta a mi espalda sin hacer ruido.

Se arrancó de los afectuosos abrazos de su amiga, subió a una embarcación, soltó amarras, y al cabo de un momento se hallaba en mitad de la corriente con una enorme luna auténtica en el cielo y otra enorme luna reflejada en las profundidades del río. El aire era fresco y vivificante y al acercarse a la orilla opuesta escuchó el ulular de un búho. «¡Ah! ¡Eso está mejor!», pensó. Siempre había vivido en el campo y aborrecía cada minuto pasado en Tashbaan.

Cuando desembarcó se encontró rodeada de oscuridad, pues la elevación del terreno y los árboles tapaban la luz de la luna. Consiguió, no obstante, encontrar la misma carretera que Shasta y llegó tal como había hecho él al final de la vegetación y el inicio de la arena, y miró —igual que el muchacho— a su izquierda y vio las enormes y negras Tumbas. Y entonces finalmente, a pesar de lo valiente que era, su corazón se acobardó. «¡Supongamos que los otros no están ahí! ¡Supongamos que lo que hay son espectros!», se dijo. Sin embargo, alzó la barbilla, sacando también un poco la lengua, y marchó en dirección a las construcciones.

Antes de alcanzarlas ya vio a Bree y a Hwin y al caballerizo.

—Ya puedes regresar con tu señora —dijo Aravis, olvidando que el hombre no podía hacerlo hasta que abrieran las puertas de la ciudad a la mañana siguiente—. Aquí tienes dinero por las molestias.

—Escucho y obedezco —respondió el mozo, y marchó al instante a una velocidad sorprendente en dirección a la ciudad.

No hubo necesidad de decirle que se apresurara: también él había estado pensado en los espectros.

Durante los siguientes segundos Aravis estuvo ocupada besando los hocicos y palmeando los cuellos de Hwin y Bree igual que si fueran caballos corrientes.

—¡Y aquí viene Shasta! ¡Gracias sean dadas al León! —exclamó Bree.

Aravis volvió la cabeza, y allí, efectivamente, estaba Shasta, que había abandonado su escondite en cuanto vio que el caballerizo marchaba.

—Y ahora —dijo Aravis—, no hay un momento que perder.

Y les contó apresuradamente lo que había oído sobre la expedición de Rabadash.

—¡Canallas traicioneros! —exclamó Bree, sacudiendo la melena a la vez que golpeaba el suelo con un casco—. ¡Un ataque en tiempo de paz, sin haber enviado un desafío! Pero ya le ajustaremos cuentas. Estaremos allí antes de que llegue él.

—¿Podemos hacerlo? —inquirió Aravis, montando en la silla de Hwin de un salto.

Shasta deseó poder montar de aquel modo.

—¡Bru-ju! —resopló Bree—. Sube, Shasta. ¡Claro que podemos! ¡Y con una buena delantera!

—Dijo que iba a ponerse en marcha de inmediato —indicó Aravis.

—Así es como hablan los humanos —repuso Bree—; pero no se consigue una compañía de doscientos caballos y jinetes con bebidas y provisiones, armados, ensillados y listos para partir en un minuto. Veamos: ¿cuál es nuestra dirección? ¿Directo al norte?

—No —intervino Shasta—, eso lo sé yo. He dibujado una línea. Os lo explicaré más tarde. Vosotros dos, caballos, torced un poco a nuestra izquierda. ¡Ah... aquí está!

—Ahora bien —dijo Bree—, todo eso sobre galopar durante un día y una noche, como en las historias, en realidad no puede hacerse. Tiene que ser andar y trotar: pero con trotes enérgicos y trechos cortos al paso. Y cada vez que nosotros vayamos al paso, vosotros dos, humanos, podéis saltar al suelo y andar también. Bueno. ¿Estás lista, Hwin? En marcha. ¡Narnia y el norte nos esperan!

Al principio fue muy agradable. Hacía ya tantas horas que había anochecido que la arena casi había dejado de devolver todo el calor que había recibido durante el día, y la atmósfera era fresca, vivificante y despejada. Bajo la luz de la luna el desierto, en todas direcciones y hasta donde alcanzaba su vista, brillaba como si fuera una lisa superficie de agua o una bandeja de plata. Excepto por el ruido de los cascos de Bree y Hwin no se oía ni un sonido. Shasta casi se habría dormido si no hubiera tenido que desmontar y andar de vez en cuando.

Aquello pareció durar horas. Luego llegó un momento en que ya no hubo luna, y les pareció que cabalgaban en una profunda oscuridad durante horas y horas. Y después de eso llegó el instante en que Shasta advirtió que veía el cuello y la cabeza de Bree frente a él con un poco más de claridad que antes; y poco a poco, empezó a reparar en la enorme llanura gris que se extendía a ambos lados. Parecía totalmente muerta, como si estuvieran en un mundo sin vida; y Shasta se sintió terriblemente cansado y se dio cuenta de que empezaba a sentir frío y tenía los labios resecos. Y en todo momento los acompañaba el crujido del cuero, el tintineo de los bocados y el sonido de los cascos, no *catacloc-catacloc* como sonarían sobre una carretera dura, sino *flob-flob-flob* sobre la arena seca.

Tras horas de cabalgar, a lo lejos, a su derecha, apareció un largo haz de un gris más claro, muy abajo, sobre la línea del horizonte. Luego surgió un haz rojo. Por fin amanecía, pero sin una sola ave que lo anunciara con sus trinos. Se alegró entonces de los períodos en que le tocaba andar, pues sentía más frío que nunca.

Luego repentinamente el sol se alzó y todo cambió en un momento. La arena gris se tornó amarilla y centelleó como si estuviera cubierta de diamantes. A su izquierda, las sombras de Shasta, Hwin, Bree y Aravis, enormemente alargadas, corrían a su lado. El pico doble del monte Pire, a lo lejos frente a ellos, resplandeció bajo la luz del sol y Shasta se dio cuenta de que estaban algo desviados de la ruta.

—Un poco a la izquierda, un poco a la izquierda —gritó.

Lo mejor de todo, cuando se miraba atrás, era que Tashbaan resultaba ya pequeña y lejana; las Tumbas, invisibles, engullidas en el solitario montículo de laderas irregulares que era la ciudad del Tisroc. Todos se sintieron mejor.

Aunque no por mucho tiempo. Si bien Tashbaan parecía muy lejana la primera vez que la miraron, la ciudad se negaba a parecer mucho más lejana a medida que avanzaban, y Shasta acabó por dejar de volver la mirada hacia ella, ya que sólo le producía la sensación de que no se movían en absoluto. A continuación la luz se convirtió en una molestia. El resplandor de la arena le producía dolor en los ojos: pero sabía que no debía cerrarlos. Tenía que mantenerlos abiertos y no perder de vista el monte Pire mientras seguía gritando instrucciones. Luego llegó el calor. Lo notó por vez primera cuando tuvo que desmontar y andar: al saltar sobre la arena el calor que surgía de ella le azotó el rostro como si hubieran abierto la puerta de un horno. La siguiente vez fue peor; pero la tercera, cuando sus pies descalzos tocaron el suelo aulló de dolor y volvió a colocar un pie en el estribo y el otro medio encima del lomo de Bree en un santiamén.

—Lo siento, Bree —jadeó—. No puedo andar. Me quema los pies.

—¡Desde luego! —respondió éste con voz entrecortada—. ¡Cómo no lo he pensado! Sigue montado. No se puede hacer otra cosa.

—Para ti no hay problema —dijo Shasta a Aravis, que andaba junto a Hwin—. Tú llevas zapatos.

Aravis no dijo nada y adoptó una expresión

remilgada. Esperemos que no lo hiciera adrede, pero lo cierto es que ésa fue su expresión.

Siguieron adelante, trotando, andando y volviendo a trotar, entre tintineos, crujidos, olor a caballo, olor a sudor, un resplandor cegador y dolor de cabeza. Y sin que cambiara nada un kilómetro tras otro. No había forma de que Tashbaan resultara más lejano, ni de que las montañas parecieran más cercanas. A uno le daba la impresión de que aquello había sido así desde siempre; tintineos, crujidos, olor a caballo, olor a sudor humano.

Desde luego se podían probar toda clase de juegos con uno mismo para intentar hacer pasar el tiempo: y desde luego no servían de nada. Y se intentaba con todas las fuerzas no pensar en bebidas —sorbete helado en un palacio en Tashbaan; transparente agua de manantial que tintinea con un oscuro sonido terroso; fría leche justo con la crema suficiente para no ser excesiva— y cuanto más se intentaba, más se pensaba en ello.

Por fin apareció algo diferente; una masa de roca que sobresalía de la arena de unos cincuenta metros de longitud y unos nueve metros de altura. No proyectaba demasiada sombra, pues el sol estaba entonces muy alto, pero sí un poco. Se apelotonaron bajo aquella sombra, y allí comieron un poco y bebieron algo de agua. No resulta fácil dar de beber a un caballo de un odre, pero Bree y Hwin se mostraron muy hábiles con los labios. Nadie tuvo suficiente ni mucho menos. Nadie habló. Los caballos estaban salpicados de espumarajos y respiraban ruidosamente. Los niños tenían el rostro pálido.

Tras un corto descanso volvieron a ponerse en marcha. Los mismos sonidos, los mismos olores, el mismo resplandor, hasta que por fin sus sombras empezaron a proyectarse por el lado derecho, y luego se hicieron más y más largas hasta que parecieron estirarse hasta el extremo oriental del mundo. Muy despacio, el sol se fue acercando al horizonte occidental. Y entonces por fin el muchacho pudo poner los pies en el suelo y, gracias a Dios, el despiadado resplandor desapareció, aunque el calor que ascendía de la arena seguía siendo tan terrible como antes. Cuatro pares de ojos buscaban ansiosamente cualquier señal del valle del que había hablado el cuervo Patas Amarillas; pero, kilómetro tras kilómetro, no había otra cosa que arena lisa. Y para entonces, el día casi había tocado a su fin, y la mayoría de estrellas brillaban ya, y los caballos seguían cabalgando y los muchachos subiendo y bajando de sus sillas, muertos de sed y cansancio. Cuando por fin salió la luna, Shasta —con el extraño graznido de quien tiene la boca totalmente seca— gritó:

165

—¡Ahí está!

No había error posible. Al frente, y un poco a su derecha, había por fin una pendiente: una pendiente que descendía y montecillos de roca a ambos lados. Los caballos estaban demasiado cansados para hablar pero giraron en dirección a ella y en un minuto o dos entraban en el barranco. Al principio fue peor allí dentro de lo que había sido fuera, en desierto abierto, pues las rocosas paredes provocaban una sensación de sofoco y penetraba menos cantidad de luz de luna. La pendiente continuó su empinado descenso y las rocas situadas a los lados se alzaron hasta alcanzar la altura de las rocas más altas. Entonces empezaron a encontrar vegetación; plantas llenas de espinas parecidas a las de un cactus y hierba áspera de la que es capaz de provocar pinchazos en los dedos. Los cascos de los caballos no tardaron en empezar a golpear sobre guijarros y piedras en lugar de arena. Al doblar cada recodo del valle —y había gran cantidad de recodos— todos buscaban ansiosamente la presencia de agua. Los caballos casi habían llegado al final de sus fuerzas, y Hwin, tropezando y jadeando, se iba quedando atrás de Bree. Estaban casi desesperados cuando por fin llegaron a una pequeña zona embarrada y a un diminuto hilo de agua que discurría por entre una

hierba más blanda y tierna; el hilo se transformó en un arroyo, el arroyo en una corriente de agua con matorrales a ambos lados, la corriente pasó a ser un río y luego, tras más contratiempos de los que me sería posible describir, llegó un momento en que Shasta, que había estado dando una especie de cabezadas, advirtió de improviso que Bree se había detenido, y se encontró saltando a tierra. Ante ellos una pequeña cascada vertía sus aguas en una amplia charca, en la que los dos caballos ya se habían metido y, con las cabezas gachas, bebían, bebían y bebían sin parar.

—¡Oooh! —exclamó Shasta y se zambulló (el agua le llegaba más o menos a las rodillas), para a continuación introducir la cabeza bajo la cascada; fue el momento más maravilloso de su vida.

Unos diez minutos después, los cuatro —los dos niños empapados de pies a cabeza— salieron y empezaron a observar los alrededores. La luna estaba ya lo bastante alta como para atisbar el interior del valle. Había pastos tiernos a ambos lados del río y, más allá de éstos, árboles y matorrales ascendían hasta los pies de los riscos. Sin duda había algunos arbustos de flores maravillosas ocultos en la maleza envuelta en sombras, ya que todo el claro estaba lleno de los aromas más frescos y deliciosos. Y de una de las zonas más recónditas del bosque surgió un sonido que Shasta no había oído nunca antes: el canto de un ruiseñor.

Todos estaban demasiado agotados para hablar o comer, y los caballos, sin aguardar a que los desensillaran, se acostaron de inmediato. Eso mismo hicieron Aravis y Shasta.

—Pero no debemos dormirnos —dijo la prudente Hwin unos diez minutos más tarde. Tenemos que ir por delante de ese Rabadash.

—No —repuso Bree muy despacio—, no debemos dormir. Descansemos sólo un poco.

Shasta supo, por un momento, que todos se dormirían si él no se ponía en pie y hacía algo al respecto, y sintió que debía hacerlo. De hecho, decidió que se levantaría y los persuadiría de seguir adelante. Pero más tarde; aún no: todavía no...

La luna no tardó en brillar, y el ruiseñor cantó por encima de las cabezas de dos caballos y dos muchachos, todos profundamente dormidos.

Fue Aravis quien despertó primero. El sol estaba ya alto en el cielo y las frescas horas de la mañana se habían disipado.

—Es culpa mía —se dijo furiosa mientras se incorporaba de un salto y empezaba a despertar a los otros—. No podía esperar que los caballos se mantuvieran despiertos después de un día de trabajo como el pasado, incluso aunque sepan hablar. Y desde luego el chico no lo iba a hacer; no ha recibido una educación decente. Pero «yo» debería haberlo hecho.

Sus compañeros se mostraron aturdidos y atontados debido a la pesadez de su sueño.

—¡Ay... bru... ju! —exclamó Bree—. He dormido con la silla de montar, ¿eh? Nunca lo volveré a hacer. Resulta de lo más incómodo.

—Vamos, vamos —instó Aravis—. Ha transcurrido ya la mitad de la mañana. No hay un momento que perder.

—Tenemos derecho a un bocado de hierba, ¿no? —protestó Bree.

—Me temo que no podemos esperar —replicó ella.

—¿A qué viene esa terrible prisa? —inquirió Bree—. Hemos cruzado el desierto, ¿no es así?

—Pero todavía no estamos en Archenland —le recordó Aravis—. Y hemos de llegar allí antes que Rabadash.

—Sin duda nos hallamos a kilómetros por delante de él —repuso Bree—. ¿No hemos estado yendo por un camino más corto? ¿No dijo ese cuervo amigo tuyo que esto era un atajo, Shasta?

—No dijo que fuera «más corto» —respondió él—. Se limitó a decir «mejor», porque llegas a un río por aquí. Si el oasis se encuentra al norte de Tashbaan, entonces me temo que este camino pueda ser más largo.

—Bueno, pues no puedo seguir sin tomar un bocado —dijo Bree—. Quítame la brida, Shasta.

—Po... por favor —indicó Hwin, muy tímidamente—, siento, igual que Bree, que no puedo seguir adelante. Pero cuando los caballos llevan humanos, con espuelas y todo eso, sobre sus lomos, ¿no se les obliga a menudo a seguir adelante cuando se sienten así? Y luego ellos descubren que sí que pueden seguir. Qui... quiero decir... ¿no deberíamos ser capaces de hacer aún más, ahora que somos libres? Es todo por Narnia.

—Creo, señora —respondió Bree en tono aplastante—, que yo sé un poco más que usted sobre campañas y marchas forzadas y lo que un caballo puede soportar.

Para aquello Hwin no tuvo respuesta, siendo, como la mayoría de yeguas de buena raza, una criatura muy tímida y afable a la que se podía hacer callar con suma facilidad. En realidad tenía razón, y si en aquel momento Bree hubiera llevado sobre el lomo a un tarkaan que lo hiciera seguir adelante, habría descubierto que aún era capaz de cabalgar durante varias horas más. Sin embargo, uno de los peores resultados de ser un esclavo y verse obligado a hacer cosas es que cuando ya no hay nadie que lo obligue, uno descubre que casi ha perdido la energía para obligarse a sí mismo.

Así pues, tuvieron que esperar mientras Bree tomaba un bocado y bebía, y, claro está, Hwin y los chicos también comieron y bebieron. Debían de ser ya casi las once de la mañana cuando por fin volvieron a ponerse en marcha. E incluso entonces el caballo se tomó las cosas con mucha más tranquilidad que el día anterior, y fue en realidad Hwin, aunque era la más débil y la que estaba más cansada de los dos, quien marcó el paso.

El valle mismo, con su río marrón y fresco, y la hierba, el musgo, las flores silvestres y los rododendros, resultaba un lugar tan agradable que invitaba a cabalgar despacio.

CAPÍTULO 10

El ermitaño del Linde Meridional

Después de haber cabalgado durante varias horas
por el valle, éste se ensanchó y pudieron ver lo que
había más adelante. El río que habían estado siguiendo se unió entonces a otro río más extenso, ancho y
turbulento, que discurría de su izquierda a su derecha, en dirección al este. Más allá de aquel río, un
delicioso territorio se alzaba suavemente en forma
de colinas bajas, una loma tras otra, hasta las mismas
montañas septentrionales. A la derecha, había pináculos rocosos, uno o dos de ellos con nieve aferra-
da a los salientes. A la izquierda, laderas cubiertas de
coníferas, altas rocas amenazadoras, desfiladeros
estrechos y picos azules se extendían hasta donde
alcanzaba la vista. Shasta ya no distinguía el monte
Pire. Justo delante de ellos, la cordillera se hundía en
un boscoso collado que desde luego tenía que ser el
paso que conducía de Archenland a Narnia.

—¡Bru-ju-ju, el norte, el verde norte! —relinchó Bree.

Ciertamente las colinas más bajas parecían más verdes y fértiles que nada que Aravis y Shasta, con sus ojos criados en el sur, hubieran podido imaginar jamás. Los ánimos remontaron mientras los viajeros descendían con estrépito al punto de encuentro de los dos ríos.

La corriente que fluía hacia el este, proveniente de las montañas más altas del extremo oeste de la cordillera, era excesivamente veloz y demasiado salpicada con rápidos para pensar que pudieran cruzarla a nado; pero tras un buen rato de buscar, recorriendo la orilla de un lado a otro, encontraron un lugar lo bastante poco profundo como para vadearlo. El rugir y tronar del agua, los grandes remolinos alrededor de las cernejas de los caballos, las ráfagas de aire fresco y el veloz movimiento de las libélulas embargaron a Shasta de una curiosa excitación.

—¡Amigos, nos encontramos en Archenland! —anunció Bree con orgullo mientras chapoteaba y se abría paso hasta la orilla norte—. Creo que el río que acabamos de cruzar recibe el nombre de Flecha Sinuosa.

—Espero que hayamos llegado a tiempo —murmuró Hwin.

Entonces empezaron a ascender, despacio y zigzagueando mucho, pues las colinas eran empinadas. Todo el territorio era como un parque sin carreteras ni casas a la vista, y por todas partes había árboles desperdigados, aunque nunca lo bastante juntos como para formar un bosque. Shasta, que había pasado toda su vida en un pastizal exento casi de árboles, no había visto nunca tantos ni de tantas clases distintas. De haber estado allí probablemente habríamos advertido —él no lo hizo— que contemplaba robles, hayas, abedules, serbales y castaños. Los conejos huían en todas direcciones a su paso, y más adelante vieron una auténtica manada de gamos que marchaba por entre los árboles.

—¡Esto es maravilloso! ¡No tengo palabras para describirlo! —exclamó Aravis.

Al alcanzar la primera cordillera Shasta se volvió sobre la silla y miró atrás. No había ni rastro de Tashbaan; el desierto, ininterrumpido excepto por la estrecha hendidura verde por la que habían viajado, se extendía hasta la línea del horizonte.

—¡Vaya! —exclamó de improviso—. ¿Qué es eso?

—¿Qué es qué? —inquirió Bree, dándose la vuelta.

Hwin y Aravis hicieron lo mismo.

—Eso —respondió Shasta, señalando—. Parece humo. ¿Es un fuego?

—Una tormenta de arena, diría yo —respondió Bree.

—No hay mucho viento para levantarla —señaló Aravis.

—¡Oh! —exclamó Hwin—. ¡Mirad! Centellean cosas en ella. ¡Mirad! Son yelmos... y armaduras. Y se mueve: se mueve hacia aquí.

—¡Por Tash! —gritó Aravis—. Es el ejército. Es Rabadash.

—Claro que lo es —dijo Hwin—. Justo lo que yo temía. ¡Rápido! Debemos llegar a Anvard antes que él.

Y sin decir nada más miró al frente y empezó a galopar hacia el norte. Bree sacudió la cabeza e hizo lo mismo.

—¡Vamos, Bree, vamos! —chilló Aravis por encima del hombro.

La carrera fue agotadora para los caballos. Cada vez que coronaban una elevación encontraban otro valle y otra cadena montañosa al otro lado; y aunque sabían que iban más o menos en la dirección correcta, nadie conocía a qué distancia se hallaba Anvard. Desde lo alto de la segunda elevación Shasta volvió a mirar atrás. En lugar de una nube de polvo en medio del desierto vio entonces una masa negra en movimiento, como si se tratara de hormigas, en la orilla más alejada del Flecha Sinuosa. Sin lugar a dudas buscaban un vado.

—¡Están en el río! —chilló con desesperación.

—¡Rápido! ¡Rápido! —gritó Aravis—. ¡Nuestro viaje habrá sido en vano si no alcanzamos Anvard a tiempo! Galopa, Bree, galopa. Recuerda que eres un caballo de batalla.

Shasta tuvo que hacer un gran esfuerzo para contenerse y no gritar instrucciones similares; pero pensó: «El pobre ya hace todo lo que puede», y se mordió la lengua. Y desde luego los dos caballos hacían, si no todo lo que podían, todo lo que ellos creían que podían hacer; lo que no es exactamente lo mismo. Bree había alcanzado a Hwin y ambos galopaban con un ruido atronador por el pastizal, el uno junto al otro. No parecía que la yegua fuera a poder mantener aquella marcha durante mucho más tiempo.

En ese momento, los sentidos de todos ellos se vieron totalmente alterados por un sonido que surgió a su espalda. No se trataba de lo que esperaban oír: el ruido de cascos y armaduras tintineantes, mezclado, tal vez, con gritos de guerra calormenos. Sin embargo, Shasta lo reconoció al instante. Era el mismo rugido furioso que había oído aquella noche de luna en que conocieron a Aravis y a Hwin. Bree también lo reconoció; sus ojos brillaron encendidos y las orejas se pegaron hacia atrás sobre su cráneo. Y el caballo descubrió entonces que no había ido tan rápido como podía ir. Shasta percibió el cambio en seguida. Entonces sí que iban a toda velocidad. En unos segundos habían dejado atrás a Hwin.

«Esto no es justo —pensó Shasta—. ¡Creía que aquí estaríamos a salvo de leones!»

Miró por encima del hombro. No cabía la menor duda. Una enorme criatura leonada, con el cuerpo pegado al suelo, igual que un gato cruzando veloz el césped hasta un árbol al ver que un perro ha entrado en el jardín, se hallaba detrás de ellos. Y se acercaba más y más con cada segundo que pasaba.

Volvió a mirar al frente y vio algo que no registró

y sobre lo que ni siquiera pensó. Les cortaba el paso una lisa pared verde de unos tres metros de altura. En el centro de la pared había una puerta, abierta, y en medio de la entrada había un hombre alto cubierto, hasta los pies descalzos, con una túnica del color de las hojas en otoño, apoyado en un cayado recto. La barba le llegaba casi hasta las rodillas.

Shasta echó un vistazo a todo aquello y volvió a mirar atrás. El león estaba a punto de atrapar a Hwin e intentaba morderle las patas traseras, y no quedaba la menor esperanza en el rostro aterrorizado y cubierto de espumarajos de la yegua.

—¡Detente! —vociferó Shasta al oído de Bree—. Debemos dar la vuelta. ¡Tenemos que ayudarlas!

Bree siempre diría después que no oyó o no comprendió lo que le decían; y como por lo general era un caballo muy sincero debemos aceptar su palabra.

Shasta deslizó los pies fuera de los estribos, pasó las dos piernas al lado izquierdo, vaciló durante una espantosa centésima de segundo, y saltó. Sintió un dolor terrible y casi se quedó sin aliento; pero antes de llegar a darse cuenta de lo mucho que le dolía ya estaba regresando tambaleante para ayudar a Aravis. Nunca jamás había hecho nada parecido en toda su vida y apenas sabía por qué lo hacía en aquellos momentos.

Uno de los sonidos más terribles del mundo, el chillido de un caballo, brotó de los labios de Hwin. Aravis se había inclinado totalmente sobre el cuello de la yegua y parecía intentar desenvainar su espada. Y ya los tres —Aravis, Hwin y el león— habían llegado casi donde estaba Shasta. Pero antes de hacerlo, el león se alzó sobre las patas traseras, más grande de lo que uno creería que puede ser un león, y atacó a Aravis con la zarpa derecha. Shasta vio cómo se extendían todas las afiladas uñas. La muchacha gritó y se tambaleó en la silla. El león la alcanzó en la espalda. Shasta, medio enloquecido por el horror, consiguió abalanzarse sobre el animal. No tenía ningún arma, ni siquiera un palo o una piedra; pero le gritó al león, de un modo absurdo, igual que uno gritaría a un perro: «¡Vete a casa! ¡Vete a casa!». Durante una fracción de segundo se encontró mirando directamente a las enfurecidas fauces abiertas; a continuación, ante su completo asombro, el animal, todavía sobre las patas traseras, se detuvo bruscamente, cayó rodando sobre el suelo, se levantó y salió huyendo.

Shasta no supuso ni por un momento que se hubieran librado de él para siempre. Dio media vuelta y corrió hacia la puerta de la pared verde que, entonces por primera vez, recordó haber visto. Hwin, tambaleante y medio desvanecida, cruzaba el umbral en aquellos momentos; Aravis seguía montada pero tenía la espalda cubierta de sangre.

—Entra, hija mía, entra —decía el hombre barbudo de la túnica, y luego añadió—: Entra, hijo mío —cuando Shasta llegó jadeando ante él.

El muchacho oyó el sonido de la puerta al cerrarse a su espalda y vio que el barbudo desconocido ayudaba ya a Aravis a bajar de su montura.

Se encontraban en un recinto amplio y perfectamente circular, protegido por un elevado muro de turba verde. Un estanque de aguas totalmente inmóviles, tan lleno que casi rebosaba sobre el suelo, se hallaba situado ante él, y en un extremo del estanque, oscureciéndolo totalmente con sus ramas, crecía el árbol más enorme y hermoso que Shasta había contemplado jamás. Más allá del estanque pudo ver una casita baja de piedra con un tejado cubierto por una gruesa y antigua capa de paja. Se oían balidos y más allá, en el otro extremo del recinto, había unas cuantas cabras. El llano suelo estaba totalmente cubierto de los pastos más excelentes.

—¿Es... es... es usted —jadeó Shasta—, es usted el rey Lune de Archenland?

—No —respondió el anciano con voz sosegada, negando con la cabeza—; soy el ermitaño del Linde Meridional. Y ahora, hijo mío, no malgastes tiempo en preguntas y obedece. Esta muchacha está herida. Vuestros caballos están agotados. Rabadash ha encontrado en estos momentos un vado en el Flecha Sinuosa. Si corres ahora, sin descansar ni un instante, aún estarás a tiempo de advertir al rey Lune.

Shasta se sintió desfallecer al oír aquellas palabras pues dudaba de que le quedaran fuerzas. Y se enfureció interiormente ante lo que parecía la crueldad e injusticia de la exigencia. No había aprendido aún que si uno hace una buena acción la recompensa acostumbra a ser que te encarguen otra más difícil y mejor que la anterior. De todos modos se limitó a decir en voz alta:

—¿Dónde está el rey?

El ermitaño se volvió y señaló con el bastón.

—Mira —dijo—. Hay otra puerta, justo enfrente de esa por la que has entrado. Ábrela y sigue recto: siempre recto, tanto si el terreno es llano como si es empinado, sobre terreno liso y escarpado, sobre suelo seco o mojado. Mediante mis habilidades sé que encontrarás al rey Lune si sigues todo recto. Pero corre, corre: corre siempre.

Shasta asintió con la cabeza, corrió hasta la puerta norte y desapareció por ella. Entonces el ermitaño sujetó a Aravis, a la que durante todo aquel tiempo había estado sosteniendo con el brazo izquierdo, y medio la condujo, medio la llevó en brazos al interior de la casa. Al cabo de un largo rato volvió a salir.

—Ahora, primos —dijo a los caballos—. Es vuestro turno.

Sin aguardar una respuesta —en realidad los animales estaban demasiado exhaustos para hablar— les quitó bridas y sillas. A continuación los cepilló a conciencia, tan bien que un mozo de un establo real no podría haberlo hecho mejor.

—Ya está, primos —anunció—, olvidad las preocupaciones y tened ánimo. Aquí hay agua y allí, hierba. Tendréis salvado caliente cuando haya ordeñado a mis otras primas, las cabras.

—Señor —dijo Hwin, una vez hubo recuperado la voz—, ¿vivirá la tarkina? ¿La ha matado el león?

—Yo, que sé muchas cosas del presente mediante mis habilidades —replicó el ermitaño con una sonrisa—, tengo no obstante muy poca información sobre lo que sucederá en el futuro. Por lo tanto no sé si alguna mujer, hombre o bestia del mundo entero seguirán con vida cuando el sol se ponga esta noche. Pero ten esperanza. Es probable que la muchacha viva tanto tiempo como cualquiera de su edad.

Cuando Aravis recuperó el conocimiento se encontró acostada boca abajo en una cama baja extraordinariamente mullida en una fresca habitación sin muebles con paredes de piedra desnuda. No comprendía por qué la habían colocado boca abajo; pero cuando intentó darse la vuelta y sintió el ardiente dolor por toda la espalda, lo recordó todo y comprendió el motivo. No conseguía adivinar de qué material deliciosamente elástico era la cama en la que yacía porque estaba hecha de brezo, que es el mejor tipo de lecho, y el brezo era algo que ella no había visto ni oído mencionar jamás.

La puerta se abrió y entró el ermitaño, con un gran cuenco de madera en la mano. Tras depositarlo con sumo cuidado en el suelo, el hombre se acercó a Aravis, y preguntó:

—¿Cómo te encuentras, hija mía?

—Me duele mucho la espalda, padre —respondió ella—, pero no me duele nada más.

El anciano se arrodilló junto al lecho, apoyó una mano en su frente, y le tomó el pulso.

—No tienes fiebre —declaró a continuación—. Te recuperarás. En realidad no hay ningún motivo por el que no puedas levantarte mañana. Pero ahora bebe esto.

Tomó el cuenco de madera y se lo acercó a los labios. Aravis no pudo evitar hacer una mueca cuando la probó, pues la leche de cabra resulta más bien desagradable cuando no se está acostumbrado a ella; pero estaba muy sedienta y consiguió bebérsela toda; se sintió mejor cuando terminó.

—Ahora, hija mía, puedes dormir cuando lo desees —dijo el ermitaño—. Pues tus heridas están limpias y vendadas y aunque escuecen, no son más graves de lo que habrían sido las heridas de un látigo. Debía de ser un león muy extraño; pues en lugar de arrancarte de la silla de montar y hundir los colmillos en tu carne, se ha limitado a pasar la zarpa por tu espalda. Diez arañazos: dolorosos, pero ni profundos ni peligrosos.

—¡Vaya! —exclamó ella—. Pues he tenido suerte.

—Hija —repuso el ermitaño—, he vivido ya ciento nueve inviernos en este mundo y no he encontrado aún lo que llamas «suerte». Hay algo en todo esto que no comprendo; pero si alguna vez hemos de enterarnos, puedes estar segura de que lo sabremos.

—¿Y que hay de Rabadash y sus doscientos hombres a caballo?

—No pasarán por aquí, creo —respondió él—. A estas horas sin duda han encontrado ya un vado muy al este de donde nosotros nos hallamos. Una vez crucen el río, probablemente intentarán cabalgar sin detenerse hasta Anvard.

—¡Pobre Shasta! —dijo Aravis—. ¿Tiene que ir muy lejos? ¿Llegará primero?

—Existe una buena posibilidad de que así sea —contestó el anciano.

Aravis volvió a acostarse —de costado esta vez— y dijo:

—¿He dormido mucho? Parece que empieza a oscurecer...

El ermitaño fue a mirar por la única ventana que daba al norte.

—Ésta no es la oscuridad de la noche —dijo al cabo—. Las nubes empiezan a descender del Pico de las Tormentas. Nuestro mal tiempo siempre viene de allí en esta región. Habrá una espesa niebla esta noche.

Al día siguiente, a excepción de la dolorida espalda, Aravis se sentía tan bien que tras el desayuno, que fue a base de avena y leche, el ermitaño dijo que podía levantarse. Y, claro está, salió de inmediato a hablar con los caballos. El tiempo había cambiado y todo aquel recinto verde estaba lleno, igual que una gran copa, de la luz del sol. Era un lugar tranquilo, solitario y silencioso.

Hwin trotó inmediatamente hacia Aravis y le dio un beso equino.

—Pero ¿dónde está Bree? —quiso saber Aravis cuando se hubieron preguntado mutuamente cómo se sentían y qué tal habían dormido.

—Ahí —respondió la yegua, indicando con el hocico el punto más alejado del círculo—. Estaría bien que intentaras hablar con él. Le pasa algo, no consigo sacarle una palabra.

Fueron hacia allí y encontraron a Bree acostado con el rostro de cara a la pared, y aunque sin duda las había oído llegar, no volvió para nada la cabeza ni dijo una palabra.

—Buenos días, Bree —saludó Aravis—. ¿Cómo te encuentras esta mañana?

El caballo farfulló algo que nadie consiguió entender.

—El ermitaño dice que Shasta probablemente consiguió llegar hasta el rey Lune a tiempo —continuó ella—, de modo que parece que todos nuestros problemas han terminado. ¡Narnia, por fin, Bree!

—Jamás veré Narnia —dijo Bree en voz baja.

—¿No te encuentras bien, querido? —inquirió Aravis.

Bree se volvió por fin, con una expresión tan lúgubre en el rostro como sólo es posible ver en la cara de un caballo.

—Regresaré a Calormen —declaró.

—¿Qué? —exclamó ella—. ¿De vuelta a la esclavitud?

—Sí —asintió él—; la esclavitud es lo único para lo que sirvo. ¿Cómo podría presentarme ahora ante los caballos libres de Narnia? ¡Yo, que dejé a una yegua, una chiquilla y un niño abandonados para que los devoraran los leones mientras galopaba a toda velocidad para salvar mi miserable pellejo!

—Todos corrimos tanto como pudimos —indicó Hwin.

—¡Shasta no lo hizo! —resopló él—. O al menos corrió en la dirección correcta: corrió hacia atrás. Y eso es lo que más me avergüenza. Yo, que me llamaba a mí mismo caballo de batalla y me he jactado de haber tomado parte en un centenar de combates, verme superado por un chiquillo humano; ¡un niño, un simple potrillo, que jamás había empuñado una espada, ni tenido una buena crianza ni ejemplo que seguir en su vida!

—Lo sé —dijo Aravis—. Yo sentí lo mismo. Shasta estuvo maravilloso. Yo soy tan mala como tú, Bree. Lo he estado desairando y mirando por encima del hombro desde que nos conocimos y ahora resulta ser el mejor de todos nosotros. Pero considero que sería mejor quedarnos y decirle que lo sentimos que regresar a Calormen.

—Eso puede estar bien para ti —repuso Bree—. Tú no te has deshonrado; pero yo lo he perdido todo.

—Mi buen caballo —intervino el ermitaño, que se había aproximado a ellos sin que lo advirtieran debido a que sus pies descalzos hacían poquísimo ruido sobre aquella hierba tierna y cubierta de rocío—. Mi buen caballo, no has perdido nada excepto tu vanidad. No, no, primo. No eches hacia atrás las orejas ni sacudas las crines ante mí. Si realmente te sientes tan humillado como parecía hace un minuto, debes aprender a atender a razones. No eres el caballo magnífico que habías llegado a creer que eras, porque vivías entre caballos incapaces de hablar. Desde luego eras más valiente e inteligente que ellos. ¡Eso era así! Pero eso no significa que vayas a ser alguien excepcional en Narnia. No obstante, desde el momento en que sepas esto, serás un caballo muy decente, y aceptarás las cosas tal como vienen. Y ahora, si tú y mi otro pariente de cuatro patas queréis venir a la puerta de la cocina, veremos cómo va ese salvado caliente.

CAPÍTULO 11

El inoportuno compañero de viaje

Una vez atravesado el portal, Shasta encontró una ladera de hierba y un pequeño brezal que ascendía ante él en dirección a unos árboles. Ya no tenía nada en qué pensar y ningún plan que elaborar: sólo tenía que correr, y eso era más que suficiente. Le temblaban las extremidades, empezaba a sentir unas terribles punzadas en el costado, y el sudor que no dejaba de caerle en los ojos se los cegaba e irritaba. Además, avanzaba con paso vacilante, y en más de una ocasión estuvo a punto de torcerse un tobillo con una piedra suelta.

Los árboles eran más abundantes que antes y en los espacios más despejados había helechos. El sol se había ocultado sin que por ello se refrescara el ambiente y el día se había convertido en uno de esos grises y calurosos en los que parece haber el doble de moscas de lo habitual. Shasta tenía el

rostro cubierto de ellas, pero ni siquiera intentaba apartarlas; estaba demasiado ocupado.

De improviso oyó el sonido de una trompeta; no el de una gran trompa vibrante como las de Tashbaan sino un son alegre, ¡*Ti-ro-ri-ro!* Y al cabo de un instante fue a salir a un amplio claro y se encontró con un montón de gente.

Al menos, a él le pareció un montón de gente. En realidad eran unas quince o veinte personas, caballeros todos con trajes de caza de color verde, acompañados de sus caballos; algunos iban montados y otros estaban de pie junto a las cabezas de sus monturas. En el centro alguien sostenía el estribo para que montara un hombre, que era el rey más jovial, gordo, mofletudo y de ojos centelleantes que nadie pueda imaginar.

En cuanto apareció Shasta, aquel rey se olvidó completamente de subirse al caballo. Extendió los brazos en dirección al niño, su rostro se iluminó, y gritó con una voz potente y grave que parecía surgir de lo más profundo de su pecho:

—¡Corin! ¡Hijo! ¡A pie y vestido con harapos! ¿Qué...?

—No —jadeó Shasta, sacudiendo la cabeza—. No soy el príncipe Corin. Sé... sé que soy como él... vi a su alteza en Tashbaan... envía sus saludos.

El monarca contemplaba fijamente al niño con una extraordinaria expresión en el rostro.

—¿Es usted el... el rey Lune? —inquirió Shasta con voz entrecortada, e inmediatamente, sin esperar respuesta—: Señor rey... huid... Anvard... cerrad las puertas... vienen enemigos... Rabadash y doscientos jinetes.

—¿Estás seguro de esto, chico? —preguntó uno de los otros gentileshombres.

—Con mis propios ojos —declaró Shasta—... los he visto. Hemos corrido por delante de ellos desde Tashbaan.

—¿A pie? —dijo el gentilhombre, arqueando ligeramente las cejas.

—A caballo... están con el ermitaño —respondió el muchacho.

—No lo interrogues más, Darrin —intervino el rey Lune—. Veo verdad en su rostro. Hay que salir a toda velocidad, caballeros. Traed un caballo, para el chico. ¿Sabes cabalgar de prisa, amigo?

Por toda respuesta Shasta puso el pie en el estribo del caballo que habían conducido hacia él y al cabo de un instante ya estaba sobre la silla. Lo había hecho un centenar de veces con Bree durante las últimas semanas, y su forma de montar era muy distinta entonces de lo que había sido aquella primera noche cuando Bree dijo que montaba sobre un caballo igual que si trepara por un almiar.

Se sintió complacido al escuchar que lord Darrin le decía al rey:

—El muchacho monta como un auténtico jinete, majestad. Estoy seguro de que tiene sangre noble.

—Su sangre sí, ésa es la cuestión —dijo el rey, y volvió a mirar fijamente a Shasta con aquella curiosa expresión, una expresión casi ávida, en sus serenos ojos grises.

Para entonces todo el grupo se movía ya a un enérgico medio galope. Shasta montaba de un modo magnífico pero estaba desconcertado con las riendas, pues jamás las había tocado cuando montaba a Bree y no sabía qué hacer con ellas. No obstante, observó con atención por el rabillo del ojo para ver qué hacían los otros —igual que hacemos algunos en las bodas cuando no estamos muy seguros de qué cuchillo o tenedor debemos usar— e intentó colocar los dedos correctamente. De todos modos no se atrevió a intentar conducir realmente al animal; confiaba en que siguiera al resto. El caballo era, desde luego, una bestia corriente, no un caballo parlante; pero tenía suficiente inteligencia como para darse cuenta de que el niño desconocido que llevaba sobre el lomo no tenía látigo ni espuelas y no era realmente dueño de la situación. Así fue como Shasta no tardó en encontrarse a la cola de la comitiva.

Pero aun así, iba bastante de prisa. Ya no había moscas y el aire que azotaba su rostro resultaba delicioso. Además, había recuperado el aliento, y su misión había tenido éxito. Por vez primera desde la llegada a Tashbaan, ¡y qué lejano parecía aquello!, empezaba a disfrutar.

Alzó la vista para comprobar si las cimas de las montañas se habían acercado más, pero, con gran desilusión por su parte, no pudo verlas: únicamente un vaga masa gris que descendía hacia ellos. Nunca antes había estado en terreno montañoso y se sorprendió.

—Es una nube —dijo para sí—, una nube que baja. Ya veo. Aquí arriba en las colinas uno está realmente en el cielo. Veré cómo es el interior de una nube. ¡Qué divertido! Me lo he preguntado muy a menudo.

A lo lejos, a su izquierda y un poco por detrás de él, el sol estaba a punto de ponerse.

En aquellos momentos se encontraban ya en una especie de accidentada calzada y avanzaban a buen paso. No obstante, el caballo de Shasta seguía siendo el último del grupo, y en una o dos ocasiones cuando el camino doblaba un recodo —el bosque se extendía ahora ininterrumpidamente a ambos lados de él— el niño perdió de vista a los demás durante un segundo o dos.

Entonces se sumergieron en la niebla, o más bien la niebla los atrapó. El mundo se tornó gris. Shasta no había caído en la cuenta de lo frío y húmedo que sería el interior de una nube; ni tampoco de lo oscuro que estaría. El gris se transformó en negro con alarmante velocidad.

Alguien en la cabeza de la columna hacía sonar la trompeta de vez en cuando, y en cada ocasión el sonido llegaba un poco más lejano. Ya no veía a ninguno de los otros, pero claro está, podría hacerlo en cuanto doblara el siguiente recodo. Sin embargo, cuando lo dobló siguió sin verlos. En realidad no pudo ver nada en absoluto. Ahora su caballo iba al paso.

—Sigue adelante, caballo, sigue adelante —instó Shasta.

Entonces oyó de nuevo la trompeta, muy débilmente. Bree siempre le había dicho que debía mantener los talones vueltos hacia fuera, y Shasta se había formado la idea de que algo muy terrible sucedería si hundía los talones en los costados de un caballo. Aquélla parecía una buena ocasión para probarlo.

—Mira, caballo —dijo—, si no te das prisa, ¿sabes lo que haré? Te clavaré los talones. Hablo en serio.

El animal, no obstante, no hizo el menor caso de

su amenaza, de modo que Shasta se instaló firmemente en la silla, se sujetó con fuerza con las rodillas, apretó los dientes, y golpeó los costados del caballo con los talones con toda la fuerza de la que fue capaz.

El único resultado fue que el caballo inició una especie de fingido trote durante cinco o seis pasos y luego volvió a ir al paso. Y en aquellos momentos ya estaba muy oscuro y los otros parecían haber desistido de hacer sonar la trompeta. El único sonido era un continuo goteo procedente de las ramas de los árboles.

—Bueno, supongo que incluso al paso llegaremos a alguna parte en algún momento —dijo Shasta para sí—. Sólo espero no tropezarme con Rabadash y su gente.

Siguió adelante durante lo que pareció mucho tiempo, siempre al paso. Empezaba a odiar a aquel caballo, y también estaba empezando a sentirse muy hambriento.

Al cabo llegó a un lugar en el que la calzada se dividía en dos. Se estaba preguntando cuál conduciría a Anvard cuando lo sobresaltó un ruido a su espalda. Era el sonido de caballos trotando. «¡Rabadash!», pensó, y no tenía modo de adivinar qué camino tomaría el príncipe.

—Pero si yo tomo uno —dijo para sí—, tal vez él

tome el otro: y si me quedó en el cruce «es seguro» que me atraparán.

Desmontó y condujo a su montura tan de prisa como pudo por la senda que partía hacia la derecha.

El sonido de la caballería se acercó rápidamente y al cabo de un minuto o dos Shasta se dio cuenta de que habían llegado al cruce. Contuvo la respiración, aguardando para ver qué camino tomarían.

—¡Alto! —se oyó ordenar en voz baja.

Hubo un instante de sonidos equinos; resoplar de ollares, patear de cascos, mordisqueo de bocados, palmear de cuellos. Luego una voz dijo:

—Prestad atención, todos vosotros. Nos encontramos a un estadio del castillo. Recordad vuestras órdenes. Una vez que estemos en Narnia, lugar al que deberíamos llegar al amanecer, mataréis tan poco como os sea posible. En esta empresa deberéis considerar cada gota de sangre narniana más valiosa que un litro de la vuestra. En «esta» empresa, digo. Los dioses nos enviarán un tiempo más feliz y entonces no deberéis dejar nada con vida entre Cair Paravel y el desierto occidental. Pero aún no estamos en Narnia. Aquí en Archenland es otra cosa. En el asalto al castillo del rey Lune, nada importa excepto la velocidad. Mostrad vuestra valía. Debe ser mío en una hora.

Y si lo es, os lo entregaré todo a vosotros. No me reservo ningún botín para mí. Matad a todo varón bárbaro que encontréis entre sus paredes, incluida cualquier criatura nacida ayer, y todo lo demás es vuestro para que os lo repartáis como deseéis: las mujeres, el oro, las joyas, las armas y el vino. El hombre que vea quedarse atrás cuando lleguemos a las puertas será quemado vivo. ¡En nombre de Tash el irresistible, el inexorable... adelante!

Con gran golpeteo de cascos la columna empezó a moverse, y Shasta volvió a respirar. Habían tomado el otro camino.

Le pareció que tardaban una eternidad en pasar, pues aunque había estado hablando y pensando en «doscientos jinetes» durante todo el día, en ningún momento había sido consciente de cuántos eran en realidad. Pero por fin el sonido se apagó y de nuevo se quedó solo en medio del gotear de los árboles.

Ahora sabía en qué dirección se encontraba Anvard, pero no podía ir allí: eso sólo significaría ir a parar a los brazos de los soldados de Rabadash. «¿Qué diablos voy a hacer?», pensó. De todos modos, volvió a montar en su caballo y prosiguió por la calzada que había elegido con la débil esperanza de encontrar alguna casa donde pudiera pedir albergue y comida. Había pensado, desde luego, en regresar a la ermita junto a Aravis, Bree y Hwin, pero no podía hacerlo porque en aquellos momentos no tenía la menor idea de dónde estaba.

—Al fin y al cabo —dijo—, esta calzada sin duda me llevará a alguna parte.

Pero eso depende siempre de lo que quiera decir uno con «alguna parte». El camino siguió dirigiéndose hacia algún sitio, en el sentido de que lo llevó a través de más y más árboles, todos ellos oscuros y chorreando humedad, y hacia una atmósfera cada vez más fría. Extraños vientos helados pasaban por su lado arrastrando la niebla con ellos, aunque sin disolverla jamás. De haber estado acostumbrado a territorios montañosos habría comprendido que aquello significaba que se encontraba a gran altura, tal vez justo en la cumbre del puerto de montaña; pero Shasta no sabía nada sobre montañas.

—Creo —dijo— que debo de ser el chico más desgraciado del mundo. A todo el mundo le van bien las cosas excepto a mí. Aquellos nobles y damas narnianos consiguieron abandonar sin problemas Tashbaan; yo me quedé atrás. Aravis, Bree y Hwin se encuentran muy cómodos con aquel anciano ermitaño; pero, claro está, es a mí a quien envían a dar el aviso. Seguro que el rey Lune y su gente han llegado sanos y salvos al castillo y han cerrado las puertas mucho antes de que Rabadash apareciera, pero yo me he quedado fuera.

Y puesto que estaba muy cansado y con el estómago vacío, sintió tanta pena de sí mismo que las lágrimas corrieron por sus mejillas.

Lo que puso fin a todo aquello fue un repentino sobresalto. Shasta descubrió que alguien o algo andaba junto a él. Estaba negro como boca de lobo y no veía nada, y la cosa (¿o era una persona?) avanzaba tan silenciosamente que apenas lograba oír sus pisadas. Lo que sí oía era su respiración. Su invisible compañero parecía respirar a gran escala, y el muchacho tuvo la impresión de que era una criatura de gran tamaño. Además, había advertido aquella respiración de un modo tan gradual que en realidad no tenía ni idea de cuánto tiempo llevaba allí. Fue un susto terrible.

De improviso le vino a la mente que, mucho tiempo atrás, había oído decir que existían gigantes en aquellos países del norte, y se mordió el labio aterrorizado. Sin embargo, ahora que tenía algo por lo que llorar, dejó de hacerlo.

La cosa (o persona) siguió a su lado tan silenciosamente que Shasta empezó a tener la esperanza de que sólo se tratara de imaginaciones suyas. Pero justo cuando empezaba a convencerse, surgió de improviso un profundo y sonoro suspiro de la oscuridad, a su lado. ¡Aquello no podían ser imaginaciones! Había sentido el aliento cálido del suspiro sobre su mano helada.

Si el caballo hubiera servido de algo —o de haber sabido él cómo conseguir sacar algo del animal—, lo habría arriesgado todo en una huida y un galope desenfrenado; pero sabía que no podría hacer galopar a aquel animal. Así pues, siguió al paso y su invisible compañero anduvo y respiró a su lado. Finalmente ya no pudo soportarlo más.

—¿Quién eres? —dijo con una voz que apenas se oyó más que un susurro.

—Alguien que ha esperado mucho rato a que hablaras —respondió la cosa; su voz no era fuerte, pero sí sonora y profunda.

—¿Eres... eres un gigante? —inquirió Shasta.

—Podríamos decir que soy un gigante —respondió la Gran Voz—. Pero no me parezco a las criaturas a las que llamas gigantes.

—No te veo —declaró él, tras mirar con suma fijeza, y a continuación, pues una idea aún más terrible acababa de pasar por su cabeza, dijo, casi gritando—: No estarás... no estarás «muerto», ¿verdad? Por favor, por favor, márchate. ¿Qué daño te he hecho yo? ¡Vaya, soy la persona con menos suerte de todo el mundo!

De nuevo sintió el cálido aliento del misterioso acompañante en las manos y en el rostro.

—Ya te habrás dado cuenta de que éste no es el aliento de un fantasma —dijo—. Cuéntame tus penas.

Shasta se sintió un poco tranquilizado por el aliento, de modo que le contó que no había conocido a sus padres y que el pescador lo había criado de un modo muy severo. Y luego le contó la historia de su huida y el modo en que los persiguieron los leones y se vieron obligados a nadar para salvar la vida; y todos los peligros corridos en Tashbaan y la noche que había pasado entre las Tumbas y cómo las bestias le aullaban desde el desierto. Le habló también del calor y la sed padecidos durante el viaje por el desierto y que casi habían alcanzado su objetivo cuando otro león los persiguió e hirió a Aravis. También mencionó lo mucho que hacía que no probaba bocado.

—Yo no diría que eres desafortunado —dijo la Gran Voz.

—¿No te parece mala suerte que me haya encontrado con tantos leones? —inquirió él.

—Sólo había un león —declaró la Voz.

—Pero ¡qué dices! ¿No has oído que había al menos dos la primera noche, y...?

—Sólo había uno: pero era muy veloz.

—¿Cómo lo sabes?

—Yo era el león.

Y cuando Shasta se quedó boquiabierto e incapaz de decir nada, la Voz siguió:

—Yo era el león que te obligó a unirte a Aravis. Yo era el gato que te consoló entre las casas de los muertos. Yo era el león que alejó a los chacales de ti mientras dormías. Yo era el león que dio a los caballos las renovadas fuerzas del miedo durante los dos últimos kilómetros para que pudieras llegar ante el rey Lune a tiempo. Y yo fui el león que no recuerdas y que empujó el bote en el que yacías, una criatura al borde de la muerte, de modo que llegaras a la orilla donde estaba sentado un hombre, desvelado a medianoche, para recibirte.

—Entonces ¿fuiste tú quién hirió a Aravis?

—Fui yo.

—Pero ¿por qué?

—Niño —respondió la Voz—, te estoy contando tu historia, no la suya. A cada uno le cuento su propia historia, y ninguna otra.

—¿Quién eres?

—Yo mismo —contestó la Voz, en un tono tan profundo y grave que la tierra tembló. Y repitió en tono fuerte, claro y alegre—: Yo mismo. —Y luego una tercera vez—: Yo mismo. —Lo musitó tan quedo que apenas se oía y, sin embargo, el sonido pareció surgir de su alrededor, como si las hojas susurraran con él.

Shasta ya no temía que la Voz perteneciera a un ser que fuera a comérselo, ni que se tratara de la voz de un fantasma; pero una clase de temblor nuevo y distinto lo embargó. Aunque a la vez se sentía contento.

La neblina iba pasando de negro a gris y de gris a blanco, y aquello debía de haber empezado a suceder hacía algún tiempo, si bien mientras había estado hablando con la criatura no había prestado atención a nada más. Entonces, la blancura a su alrededor se convirtió en una blancura reluciente, y sus ojos empezaron a parpadear. De algún punto situado al frente le llegó el canto de los pájaros y supo que la noche había terminado por fin. Podía ver ya las crines y las orejas del caballo con cierta facilidad. Una luz dorada cayó sobre ellos desde la izquierda, e imaginó que era el sol.

Volvió la cabeza y vio, andando junto a él, más alto que el caballo, un león. El caballo no parecía tenerle miedo, o tal vez no podía verlo. Era del león de donde procedía la luz, y nadie vio jamás nada más terrible ni hermoso.

Por suerte Shasta había vivido toda su vida demasiado al sur de Calormen para haber oído las historias que se susurraban en Tashbaan sobre un espantoso demonio narniano que se presentaba bajo la forma de un león. Y desde luego, no conocía ninguna de las historias verídicas sobre Aslan, el gran león, el hijo del emperador de Allende los Mares, el monarca que gobernaba sobre todos los grandes reyes de Narnia. No obstante, tras echar una ojeada al rostro del león saltó de la silla y cayó a sus pies. No pudo decir nada, pero lo cierto era que tampoco deseaba decir nada, y supo que no necesitaba decir nada.

El gran rey inclinó la cabeza hacia él. Su melena, y un extraño y solemne perfume que flotaba alrededor de la melena, lo envolvió. El león le tocó la frente con la lengua. El niño alzó el rostro y sus ojos se encontraron. Entonces, al instante, el pálido resplandor de la neblina y el llameante brillo del león se juntaron en una arremolinada aureola, que se elevó por los aires y desapareció. Shasta estaba solo con el caballo sobre una ladera cubierta de hierba bajo un cielo azul. Y los pájaros cantaban.

CAPÍTULO 12

Shasta en Narnia

«¿Ha sido todo un sueño?», se preguntó Shasta; pero no podía haber sido un sueño porque en la hierba ante él vio la profunda y enorme huella de la zarpa delantera derecha del león. Quitaba la respiración pensar en el peso capaz de dejar una pisada como aquélla. Sin embargo, había algo aún más extraordinario que su tamaño. Mientras la contemplaba, su fondo se había llenado de agua. No tardó en llenarse hasta el borde y en empezar a rebosar, y en seguida se formó un pequeño arroyo que fluyó por la hierba, ladera abajo, alejándose del niño.

Shasta se inclinó y bebió —un trago muy largo— y luego sumergió el rostro y se echó agua por la cabeza. Estaba sumamente fría y era transparente como el cristal, y además lo refrescó enormemente. Después de eso se irguió, sacudiéndose el agua de las orejas a la vez que se echaba hacia atrás los cabellos mojados que le caían sobre la frente, y empezó a examinar sus alrededores.

Aparentemente era todavía muy temprano. El sol acababa de salir, y se había alzado desde los bosques que contemplaba muy abajo y lejanos, a su derecha. Aquel territorio era del todo nuevo para él. Se trataba de un valle verde salpicado de árboles por entre los cuales distinguió el destello de un río que se alejaba serpenteando ligeramente en dirección noroeste. En el extremo opuesto del valle había unas colinas rocosas elevadas y uniformes, pero eran más bajas que las montañas que había visto el día anterior. Entonces empezó a adivinar dónde se encontraba. Volvió la cabeza y miró a su espalda: vio que la ladera en la que estaba formaba parte de a una cordillera de montañas mucho más altas.

—Vaya —dijo para sí—. Ésas son las grandes montañas situadas entre Archenland y Narnia. Ayer estaba al otro lado. Debo de haber cruzado el desfiladero durante la noche. ¡Qué suerte que diera con él!... Aunque no fue suerte, fue gracias a él. Y ahora estoy en Narnia.

Se dio la vuelta, desensilló el caballo y le quitó la brida.

—A pesar de que tengo un caballo horrible —declaró.

El animal no prestó la menor atención al comentario y empezó inmediatamente a pastar. Aquel caballo tenía una opinión muy pobre de Shasta.

«¡Ojalá pudiera comer hierba! —pensó el niño—. De nada sirve regresar a Anvard, pues estará totalmente asediado. Será mejor que siga descendiendo hacia el interior del valle y vea si puedo conseguir algo de comer.»

Marchó, pues, ladera abajo —el espeso rocío le helaba terriblemente los pies desnudos— hasta que penetró en un bosque. Había una especie de

senda que lo cruzaba y no llevaba muchos minutos siguiéndola cuando oyó una voz pastosa y muy jadeante que le decía:

—Buenos días, vecino.

Shasta volvió la cabeza rápidamente en busca del propietario de la voz y se encontró a un pequeño ser cubierto de púas y de rostro oscuro que acababa de salir de entre los árboles. Era pequeño para ser una persona y muy grande para ser un erizo, pero eso era.

—Buenos días —respondió Shasta—; pero no soy un vecino. En realidad soy forastero en este lugar.

—¿Ah, sí? —repuso el erizo en tono inquisitivo.

—He venido del otro lado de las montañas... de Archenland, ¿sabes?

—Ah, Archenland —repuso el erizo—. Eso está terriblemente lejos. Nunca he estado allí.

—Y creo —siguió Shasta— que alguien debería saber que hay un ejército de salvajes calormenos atacando Anvard en este mismo instante.

—¡No me digas! —respondió el erizo—. Vaya, qué cosas. Y eso que dicen que Calormen se encuentra a cientos de miles de kilómetros de distancia, justo en el fin del mundo, al otro lado de un gran mar de arena.

—No está tan lejos como crees —le explicó Shasta—. Y ¿no habría que hacer algo con ese ataque a Anvard? ¿No debería informarse al Sumo Monarca?

—Ciertamente, ya lo creo, habría que hacer algo al respecto. Pero, ¿sabes?, ahora me dirigía a mi cama para disfrutar del buen día durmiendo. ¡Hola, vecino!

Aquellas últimas palabras fueron dirigidas a un enorme conejo de color beige que acababa de sacar la cabeza de algún punto situado junto al sendero. El erizo se apresuró a contar al recién llegado lo que acababa de decirle Shasta, y éste estuvo de acuerdo en que aquélla era una noticia extraordinaria y que alguien debería informar a otro alguien para que se hiciera algo.

Y así siguió la cosa. Cada pocos minutos se les unían otras criaturas, algunas procedentes de las ramas extendidas sobre sus cabezas y otras de pequeñas casas subterráneas situadas a sus pies, hasta que el grupo lo formaron cinco conejos, una ardilla, dos urracas, un fauno con pezuñas de cabra, y un ratón, que hablaban todos a la vez y estaban de acuerdo con el erizo. Pues lo cierto era que en aquella edad dorada en que la bruja y el invierno habían desaparecido y Peter, el Sumo Monarca, gobernaba en Cair Paravel, los habitantes más menudos de los bosques de Narnia se sentían tan seguros y felices que se estaban volviendo un poco despreocupados.

Al poco, no obstante, dos personas mucho más

prácticas hicieron su aparición en el bosquecillo. Una era un enano rojo cuyo nombre parecía ser Vaguete, y el otro un ciervo, una hermosa y noble criatura de enormes ojos transparentes, flancos moteados y patas tan finas y gráciles que parecían poderse quebrar con dos dedos.

—¡Por el León! —rugió el enano en cuanto escuchó la noticia—. Y si eso es así, ¿por qué estamos todos aquí quietos, parloteando? ¡Hay enemigos en Anvard! Hay que llevar la noticia a Cair Paravel inmediatamente. Hay que reunir el ejército. Narnia debe ir en ayuda del rey Lune.

—¡Ah! —exclamó el erizo—. Pero no encontraréis al Sumo Monarca en Cair. Se ha marchado al norte a dar una buena paliza a esos gigantes. Y hablando de gigantes, vecinos, eso me trae a la mente...

—¿Quién llevará el mensaje? —interrumpió el enano—. ¿Hay alguien aquí más veloz que yo?

—Yo soy veloz —dijo el ciervo—. ¿Cuál es mi mensaje? ¿Cuántos calormenos?

—Al menos doscientos, al mando del príncipe Rabadash. Y...

Pero el ciervo ya había partido; dio un salto sobre las cuatro patas, y en un instante sus blancos cuartos traseros habían desaparecido entre los árboles más alejados.

—Quisiera saber adónde va —dijo el conejo—. No encontrará al Sumo Monarca en Cair Paravel, sabéis.

—Encontrará a la reina Lucy —respondió Vaguete—. Y entonces... ¡Vaya! ¿Qué le sucede al humano? Se ha puesto de color verde. Creo que está medio desmayado. A lo mejor se trata de hambre mortal. ¿Cuándo fue la última vez que comiste, jovencito?

—Ayer por la mañana —respondió Shasta con voz débil.

—Vamos, pues, vamos —instó el enano, pasando al instante los gruesos y cortos brazos alrededor de la cintura de Shasta para sostenerlo—. ¡Vaya, vecinos, debería darnos vergüenza! Vamos chico, ven conmigo. ¡A desayunar! Es mejor que charlar.

Con gran alboroto, sin dejar de murmurar reproches para sí, el enano fue llevando como pudo a Shasta a gran velocidad hasta adentrarse en el bosque, un poco cuesta abajo. La caminata fue más larga de lo que Shasta deseaba en aquel momento y sus piernas empezaron a temblar antes de que salieran de entre los árboles a una ladera desnuda. Allí encontraron una casita con una chimenea humeante y una puerta abierta y, mientras se acercaba a la entrada, Vaguete gritó:

—¡Eh, hermanos! Traigo a un visitante a desayunar.

De inmediato, mezclado con un chisporroteo, a Shasta le llegó un aroma sencillamente delicioso. Jamás había olido algo tan rico, aunque confío en que tú sí. Se trataba, en realidad, del olor a tocino, huevos y champiñones friéndose en una sartén.

—Cuidado con la cabeza, chico —advirtió Vaguete cuando ya era demasiado tarde, pues Shasta acababa de golpearse la frente contra el bajo dintel de la puerta—. Ahora siéntate —prosiguió el enano—. La mesa es un poco baja para ti, pero el taburete también lo es. Así. Y aquí tienes avena... y una jarra de leche cremosa... y una cuchara.

Para cuando Shasta hubo terminado su avena, los dos hermanos del enano, que se llamaban Rogin y Pulgares de Acero, ya depositaban la fuente de tocino, huevos y champiñones, la cafetera, la leche caliente y las tostadas sobre la mesa.

Todo resultaba nuevo y maravilloso para el muchacho, ya que la comida calormena era bastante distinta. Ni siquiera sabía qué eran aquellas rebanadas de color castaño, pues jamás había visto una tostada; tampoco sabía qué era la sustancia amarilla que esparcían sobre la tostada, porque en Calormen casi siempre le daban a uno aceite en lugar de mantequilla. Y la casa en sí era muy diferente de la cabaña oscura, de atmósfera viciada y con olor a pescado de Arsheesh y de las estancias con columnas de los palacios de Tashbaan. El techo era muy bajo, y todo estaba hecho de madera. Había un reloj de cucú, un mantel de cuadros rojos y blancos, un jarrón con flores silvestres y unas diminutas cortinas en las ventanas de gruesos cristales. También resultaba bastante molesto tener que usar tazas, platos, cuchillos y tenedores para enanos. Aquello significaba que las raciones eran muy pequeñas, pero al mismo tiempo Sharta podía repetir cuanto quisiera porque le llenaban el plato o la taza a cada momento. Incluso los mismos enanos decían sin cesar:

—Mantequilla, por favor.

—Otra taza de café.

—¿Alguien me pasa unos champiñones más?

—¿Qué tal si freímos otro huevo o algo así?

Y cuando por fin hubieron comido hasta hartarse, los tres enanos sortearon a quién le tocaba lavar los platos y perdió Rogin. Luego Vaguete y Pulgares de Acero condujeron a Shasta al exterior, a un banco situado junto a la pared de la casa, y todos estiraron las piernas y lanzaron un suspiro de satisfacción. Los dos enanos encendieron sus pipas. El rocío había desaparecido de la hierba ya y el sol calentaba bastante; a decir verdad, de no haber soplado una ligera brisa, habría hecho demasiado calor.

—Ahora, forastero —dijo Vaguete—, te mostraré el territorio. Puedes ver casi todo el sur de Narnia desde aquí, y nos sentimos muy orgullosos de la vista. Justo ahí a lo lejos, a tu izquierda, detrás de esas colinas cercanas, puedes ver las montañas occidentales. Y a esa loma redondeada a tu derecha la llaman la Colina de la Mesa de Piedra. Y más allá de...

En aquel momento, lo interrumpió un ronquido procedente de Shasta, quien, tras el viaje nocturno y el excelente desayuno, se había quedado profundamente dormido. En cuanto lo advirtieron, los bondadosos enanos empezaron a hacerse señas unos a otros para que nadie lo despertara; aunque lo cierto es que, con tantos susurros y gesticulaciones, y con todo el ruido que hicieron al levantarse y alejarse con disimulo, habrían terminado por conseguirlo de no haber estado tan cansado.

Durmió casi todo el día, aunque se despertó a tiempo para la cena. Las camas de la casa eran demasiado pequeñas para él pero le prepararon una cama magnífica de brezo en el suelo, y ni se movió ni soñó en toda la noche. A la mañana siguiente acababan de dar cuenta del desayuno cuando oyeron un agudo y emocionante sonido procedente del exterior.

—¡Trompetas! —exclamaron todos los enanos, mientras salían de la casa acompañados por Shasta.

Las trompetas volvieron a sonar: un sonido nuevo para Shasta, no enorme y solemne como las trompetas de Tashbaan ni alegre y divertido como la trompa de caza del rey Lune, sino nítido, agudo y valeroso. El sonido surgía de los bosques situados al este, y muy pronto se mezcló con el repicar de los cascos de caballos. Al cabo de un instante llegó ante ellos la cabeza de la columna.

Primero apareció lord Peridan sobre un caballo bayo sosteniendo el enorme estandarte de Narnia: un león rojo sobre un fondo verde. Shasta lo reconoció al instante. A continuación aparecieron tres personas que marchaban una al lado de la otra, dos sobre enormes corceles y una sobre un poni. Los dos que iban montados en corceles eran el rey Edmund y una dama de cabellos rubios con un rostro muy alegre que lucía un yelmo y una cota de malla. Además, llevaba un arco colgado al hombro junto con una aljaba sujeta al costado.

—La reina Lucy —musitó Vaguete.

La persona montada en el poni era Corin. Tras ellos iba el grueso principal del ejército: hombres sobre caballos normales, hombres sobre caballos parlantes —a quienes no importaba que los montaran en las ocasiones que lo requerían, como cuando Narnia iba a la guerra—, centauros, osos aguerridos, grandes perros parlantes y, por último, seis gigantes; pues existían gigantes buenos en Narnia. A pesar de saber que se hallaban del lado de los buenos, al principio Shasta apenas era capaz de mirarlos; existen algunas cosas a las que uno tarda mucho en acostumbrarse.

En el mismo instante en que el rey y la reina llegaban ante la casa y los enanos empezaban a dedicarles profundas reverencias, el rey Edmund gritó:

—¡Bien, amigos! ¡Hora de hacer un alto y tomar un bocado!

E inmediatamente se produjo un gran revuelo de gente que desmontaba, de mochilas que se abrían y de inicio de conversaciones en tanto que

Corin se dirigía corriendo a Shasta y le tomaba las manos, gritando:

—¡Vaya! ¡Estás aquí! ¿De modo que conseguiste salir sin problemas? Me alegro. Ahora nos divertiremos. ¿No es eso tener suerte? Apenas llegamos al puerto de Cair Paravel ayer por la mañana y la primera persona que viene a nuestro encuentro es el ciervo *Chervy* con esa noticia de un ataque a Anvard. No crees...

—¿Quién es el amigo de su alteza? —preguntó el rey Edmund, que acababa de desmontar.

—¿No lo veis, majestad? —dijo Corin—. Es mi doble: el chico al que confundisteis conmigo en Tashbaan.

—Vaya, ya lo creo que es su doble —exclamó la reina Lucy—. Son tan iguales como dos gemelos. Es maravilloso.

—Por favor, majestad —suplicó Shasta al rey Edmund—. Yo no era un traidor, lo prometo. No pude evitar escuchar vuestros planes; pero jamás se me habría ocurrido contárselos a vuestros enemigos.

—Ahora sé que no eras un traidor, muchacho —dijo el rey Edmund, posando una mano sobre la cabeza de Shasta—; pero si no quieres que te tomen por uno, en otra ocasión intenta no escuchar lo que está dirigido a otros oídos. Pero no hay de qué preocuparse.

Después de eso hubo tanto bullicio, y tantas conversaciones e idas y venidas, que durante unos pocos minutos Shasta perdió de vista a Corin, Edmund y Lucy. De todos modos, Corin era la clase de chico del que uno oye hablar en seguida y no pasó mucho tiempo antes de que Shasta oyera decir al rey Edmund con voz sonora:

—¡Por la Melena del León, príncipe, esto es demasiado! ¿Es que su alteza no se emmendará jamás? ¡Das más miedo tú que todo nuestro ejército junto! Antes preferiría tener un regimiento de avispones a mis órdenes que a ti.

Shasta se deslizó entre los reunidos y vio a Edmund, con expresión realmente enojada, a Corin, que parecía algo avergonzado de sí mismo, y a un enano desconocido sentado en el suelo haciendo muecas. Al parecer, un par de faunos lo habían estado ayudando a quitarse la armadura.

—Si tuviera mi cordial conmigo —decía la reina Lucy—, no tardaría en reparar esto. Pero el Sumo Monarca me ha prohibido terminantemente llevarlo por regla general a las guerras ¡Debo reservarlo para situaciones muy extremas!

Lo que había sucedido es que, en cuanto Corin acabó de hablar con Shasta, un enano del ejército, llamado Espinoso, asió al príncipe por el codo.

—¿Qué sucede, Espinoso? —preguntó Corin.

—Alteza real —dijo Espinoso, apartándolo a un lado—, nuestra marcha de hoy nos llevará a través del desfiladero y directos al castillo de vuestro real padre. Puede que entremos en combate antes del anochecer.

—Lo sé —respondió Corin—. ¿No es fabuloso?

—Fabuloso o no —replicó Espinoso—, tengo órdenes sumamente estrictas del rey Edmund de encargarme de que su alteza no tome parte en el combate. Se os permitirá verlo, y eso es un regalo más que suficiente para los pocos años de su alteza.

—¡Qué tontería! —profirió Corin—. Claro que voy a pelear. Pero si la reina Lucy estará con los arqueros.

—Su majestad la reina Lucy hará lo que le plazca —dijo Espinoso—; pero vos estáis a mi cargo.

O me dais vuestra solemne y principesca palabra de que mantendréis a vuestro poni junto al mío, ni medio cuello por delante, hasta que dé a su alteza permiso para partir, o de lo contrario, y son órdenes de su majestad, deberemos ir atados por las muñecas igual que prisioneros.

—Te derribaré si intentas atarme —afirmó Corin.

—Me gustaría ver cómo lo hace su alteza.

Aquello fue reto más que suficiente para un muchacho como Corin y en un segundo él y el enano luchaban a brazo partido. Habría sido una pelea igualada pues, aunque Corin tenía los brazos más largos y era más alto, el enano tenía más edad y fuerza; pero no llegó a librarse hasta el final —eso es lo peor de las peleas en una ladera escarpada—, pues Espinoso tuvo la pésima suerte de pisar una piedra suelta; cayó de bruces sobre la nariz y, cuando intentó incorporarse, descubrió que se había torcido el tobillo: una torcedura realmente atroz que le impediría andar o cabalgar durante al menos dos semanas.

—Mira lo que has hecho, alteza —dijo el rey Edmund—. Nos has privado de un guerrero de gran valía justo antes de la batalla.

—Yo ocuparé su lugar, majestad —se ofreció Corin.

—¡Bah! —dijo Edmund—. Nadie duda de tu valor; pero un muchacho en una batalla sólo supone un peligro para su propio bando.

En aquel momento el rey tuvo que alejarse para ocuparse de otra cosa, y Corin, tras disculparse elegantemente con el enano, corrió hacia Shasta y susurró.

—¡Rápido! Ahora sobra un poni, y también la armadura del enano. Póntela antes de que se den cuenta.

—¿Por qué? —quiso saber Shasta.

—Pues ¡para que tú y yo podamos pelear en la batalla, claro! ¿No quieres?

—Oh... ah, sí, desde luego —respondió Shasta.

Sin embargo, era lo último que pensaba hacer y empezó a sentir un desagradable hormigueo en la espalda.

—Eso es —indicó Corin—. Por encima de la cabeza. Ahora el talabarte. Pero debemos cabalgar cerca de la cola de la columna y permanecer callados como ratones. Una vez que empiece la batalla todos estarán demasiado ocupados para fijarse en nosotros.

CAPÍTULO 13

—*ᴏᴠᴏ*—

La batalla de Anvard

Sobre las once toda la compañía volvía a estar en marcha, cabalgando hacia el este con las montañas a la izquierda. Corin y Shasta cabalgaban justo a la retaguardia, con los gigantes inmediatamente delante. Lucy, Edmund y Peridan estaban ocupados con sus planes para la batalla, aunque Lucy dijo en una ocasión:

—Pero ¿dónde está ese *metomentodo* de su alteza?

—No al frente, y eso ya es una buena noticia —se limitó a responder Edmund—. Déjalo tranquilo.

Shasta contó a Corin gran parte de sus aventuras y le explicó que un caballo le había enseñado a montar y que en realidad no sabía cómo utilizar las riendas. Entonces el príncipe le enseñó a hacerlo, además de contárselo todo sobre su sigilosa huida de Tashbaan.

—Y ¿dónde está la reina Susan?

—En Cair Paravel. No es como Lucy, ¿sabes? Ella vale tanto como un hombre o, al menos, como un muchacho. La reina Susan es más parecida a una dama adulta corriente. No cabalga en las guerras, aunque es una excelente arquera.

El sendero de la ladera que seguían se fue tornando más estrecho y la pendiente a su derecha más escarpada. Al final tuvieron que ir en fila india a lo largo del borde del precipicio y Shasta se estremeció al pensar que había hecho lo mismo la noche anterior sin saberlo.

«Pero claro —pensó—, yo estuve totalmente a salvo gracias al león, que se mantuvo a mi izquierda. Estuvo entre el borde y yo todo el tiempo.»

Entonces el sendero giró a la izquierda y al sur alejándose del precipicio y aparecieron espesos bosques a ambos lados de él. Empezaron a ascender por una empinada cuesta hasta entrar en el desfiladero. Habría habido una vista espléndida desde lo alto de haberse tratado de terreno despejado, pero en medio de toda aquella espesura no se podía ver nada; únicamente, de vez en cuando, algún enorme pináculo de roca por encima de las copas de los árboles, y un águila o dos describiendo círculos en el cielo azul.

—Huelen el combate —dijo Corin, señalando

las aves—. Saben que nos estamos preparando para alimentarlas.

A Shasta aquello no le gustó nada.

Tras cruzar el cuello del desfiladero y descender un buen trecho llegaron a terreno más despejado y desde allí Shasta pudo contemplar todo Archenland, azul y nebuloso, extendido a sus pies e incluso, le pareció, un atisbo del desierto en la lejanía. No obstante, el sol, al que faltaban unas dos horas para ponerse, le daba en los ojos y no pudo distinguir nada con nitidez.

Allí el ejército se detuvo y se desplegó en una hilera, y tuvieron lugar gran cantidad de cambios en las posiciones. Todo un destacamento de bestias parlantes de aspecto muy peligroso cuya presencia no había advertido Shasta hasta entonces y que pertenecían principalmente a la familia de los felinos —leopardos, panteras y animales parecidos— marcharon con paso lento y sin dejar de gruñir a ocupar posiciones en el lado izquierdo. A los gigantes se los envió al lado derecho, y antes de ponerse en movimiento todos sacaron algo que habían transportado a sus espaldas y se sentaron un momento. Shasta descubrió entonces que lo que transportaban y se ponían en ese momento eran pares de botas: horribles y pesadas botas de clavos que les llegaban hasta las rodillas. A continuación se echaron los enormes garrotes a los hombros y marcharon a su posición de combate. Los arqueros, junto con la reina Lucy, se colocaron en la retaguardia. Se veía cómo doblaban los arcos y a continuación se escuchaba el chasquido de las cuerdas al ser comprobadas. Y dondequiera que uno mirara veía gente que tensaba cinchas, se colocaba yelmos, desenvainaba espadas y se despojaba de ropa. Apenas se hablaba. Todo era muy solemne y horrible. «Ahora sí que me espera una buena... Realmente me espera una buena», pensó Shasta. Entonces se oyeron unos ruidos más adelante: el sonido de muchos hombres que gritaban y un golpeteo continuo.

—Un ariete —musitó Corin—. Intentan derribar las puertas.

Incluso el príncipe mostraba un semblante serio entonces.

—¿Por qué no sigue adelante el rey Edmund? —gimió—. No soporto esta espera. Hace frío, además.

Shasta asintió: esperando no parecer tan asustado como en realidad se sentía.

¡Por fin sonó la trompeta! Avanzaban ya —trotaban— con el estandarte ondeando al viento. Coronaron una loma baja, y a sus pies se desplegó de improviso toda la escena; un pequeño castillo

de innumerables torreones con las puertas mirando hacia ellos. No había foso, por desgracia, pero
desde luego las puertas estaban cerradas y el ras-
trillo bajado. En las murallas vieron, como pequeños puntos, los rostros de los defensores. Abajo,
unos cincuenta calormenos, a pie, golpeaban sin
pausa las puertas con un enorme tronco de árbol.
Sin embargo, la escena cambió de inmediato. El
grueso principal de los hombres de Rabadash
había descabalgado listo para atacar las puertas;
pero ahora el príncipe había descubierto a los narnianos que descendían a toda velocidad de la
loma. No cabía la menor duda de que aquellos
calormenos estaban maravillosamente adiestrados, pues a Shasta le pareció que en apenas un
segundo ya había vuelto a formarse toda una fila
de jinetes enemigos, y ésta empezaba a girar para
ir a su encuentro, blandiendo sus armas.

Y a continuación se lanzaron al galope. El terreno que mediaba entre ambos ejércitos se redujo

por momentos. Rápido, más rápido. Todas las espadas estaban desenvainadas, todos los escudos colocados a la altura de la nariz, todas las oraciones dichas, todos los dientes apretados. Shasta estaba terriblemente asustado, pero de repente le pasó por la cabeza una frase: «Si huyes de esto, huirás de todas las batallas que tengas que librar en tu vida. Es ahora o nunca».

De todos modos, cuando por fin se encontraron los dos bandos no se enteró demasiado de lo que sucedía. Todo fue una aterradora confusión, mezclada con un ruido espantoso. Le arrebataron la espada de un golpe casi al principio, y sin saber cómo se le enredaron las riendas. Luego descubrió que empezaba a resbalar de la silla. Entonces una lanza fue directa hacia él y al agacharse para esquivarla cayó del caballo, se dio un golpe terrible en los nudillos contra la armadura de otra persona, y a continuación...

De todos modos no sirve de nada describir la batalla desde el punto de vista de Shasta; el muchacho apenas comprendía la lucha en general, ni siquiera entendía su parte en ella. El mejor modo en que puedo relatar lo que realmente sucedió es retrocediendo a varios kilómetros de distancia, hasta donde el ermitaño del Linde Meridional estaba sentado mirando al interior del tranquilo estanque situado bajo el frondoso árbol, con Bree, Hwin y Aravis a su lado.

Pues era en aquel estanque donde miraba el ermitaño cuando quería saber qué sucedía en el mundo fuera de los verdes muros de su ermita. Allí, como en un espejo, podía ver, en ciertas ocasiones, lo que sucedía en las calles de ciudades situadas mucho más al sur que Tashbaan, o qué naves atracaban en Redhaven, en las remotas Siete Islas, o qué salteadores o animales salvajes se movían en los inmensos bosques occidentales entre el Erial del Farol y Telmar. Y durante todo aquel día el anciano apenas había abandonado el estanque, ni para comer o beber, pues sabía que se preparaban grandes acontecimientos en Archenland. Aravis y los caballos también miraban en su interior. Comprendían que se trataba de un estanque mágico, pues en lugar de reflejar el árbol y el cielo mostraba formas nebulosas y multicolores que se movían, se movían sin cesar, en sus profundidades, aunque ellos no conseguían ver nada con claridad. El ermitaño sí podía y de vez en cuando les contaba lo que veía. Un poco antes de que Shasta cabalgara a su primera batalla, el anciano había empezado a hablar así:

—Veo una... dos... tres águilas que describen círculos en la brecha que hay en el Pico de las

Tormentas. Una es la más vieja de todas, y no estaría allí si no fuera a tener lugar una batalla dentro de poco. Veo cómo da vueltas de un lado a otro, atisbando unas veces en dirección a Anvard y otras al este, más allá de la montaña. Ah, ahora veo en qué han estado ocupados Rabadash y sus hombres durante todo el día. Han talado y podado un árbol grande y ahora salen del bosque transportándolo como un ariete. Han aprendido algo del fracaso del ataque de anoche. Habría sido más sensato si hubiera puesto a sus hombres a construir escalas: pero eso lleva demasiado tiempo y él es un hombre impaciente. ¡Es un estúpido! Debería haber cabalgado de regreso a Tashbaan en cuanto fracasó el primer ataque, ya que todo su plan dependía de la velocidad y la sorpresa. Ahora colocan el ariete en posición. Los hombres del rey Lune disparan sin cesar desde las murallas. Cinco calormenos han caído, pero no caerán muchos más, pues sostienen los escudos sobre sus cabezas. Ahora Rabadash está dando órdenes. Lo acompañan sus caballeros de más confianza, fieros tarkaanes de las provincias orientales. Veo sus rostros. Está Corradin del castillo Tormunt y Azrooh y Chlamash, e Igamuth el del labio torcido, y un tarkaan alto de barba roja...

—¡Por la Melena, mi antiguo señor Anradin! —exclamó Bree.

—Chist —instó Aravis.

—Ahora han empezado a usar el ariete. ¡Si se oyera igual que se ve, vaya ruido que se escucharía! Asestan un golpe tras otro: y ninguna puerta puede resistir eternamente. Pero ¡aguardad! Algo en las alturas cerca del Pico de las Tormentas ha asustado a las aves. Salen en masa. Y aguardad otra vez... no puedo verlo aún... ¡ah! Ahora sí puedo. Toda la cresta, allá en el este, queda oscurecida por figuras de jinetes. Si al menos el viento hiciera ondear ese estandarte y lo desplegara. Han dejado atrás la cima quienesquiera que sean. ¡Ajá! Ya he visto el estandarte. Narnia. ¡Narnia! Es el león rojo. Descienden a toda velocidad. Veo al rey Edmund. Hay una mujer detrás entre los arqueros. ¡Oh!...

—¿Qué sucede? —preguntó Hwin, sin aliento.

—Todos sus felinos están saliendo disparados desde el lado izquierdo de la hilera.

—¿Felinos? —inquirió Aravis.

—Felinos enormes, leopardos y animales parecidos —respondió el ermitaño, impaciente—. Lo veo. Sí veo. Los felinos están describiendo un círculo para llegar hasta los caballos de los hombres que van a pie. Un buen golpe. Los caballos calormenos ya están enloquecidos de terror. Los felinos están ya entre ellos. Pero Rabadash ha recompuesto sus filas y tiene a cien hombres a caballo. Cabalgan para ir al encuentro de los narnianos. Sólo median cien metros entre los dos bandos. Sólo cincuenta. Veo al rey Edmund, veo a lord Peridan. Hay dos chiquillos en la columna narniana. ¿En qué estará pensando el rey Edmund para permitir que participen en la batalla? Sólo diez metros... las columnas se enfrentan. Los gigantes a la derecha de los narnianos hacen maravillas... Pero han abatido a uno... Le habrán disparado al ojo, supongo. La parte central es todo un revoltijo. Veo algo hacia la izquierda. Ahí están los dos muchachos otra vez. ¡Por el León! Uno es el príncipe Corin. El otro es igual que él, son como dos gotas de agua. Es vuestro pequeño Shasta. Corin pelea como un hombre. Ha matado a un calormeno. Ahora puedo ver una parte del centro. Rabadash y Edmund estaban a punto de enfrentarse, pero la muchedumbre los ha separado...

—¿Qué hay de Shasta? —preguntó Aravis.

—¡Pobre tonto! —gimió el ermitaño—. ¡Ingenuo y valiente tonto! No sabe nada sobre este oficio. No hace el menor uso de su escudo. Tiene todo el costado al descubierto. No tiene ni la menor idea de qué hacer con la espada. Vaya, por fin se acuerda. La agita furiosamente a un lado y a otro... Ha estado a punto de cortarle la cabeza a su propio poni, y lo hará en cualquier momento si no tiene cuidado. Ahora se la han arrancado de la mano. Es un asesinato enviar a un niño a la batalla; no sobrevivirá ni cinco minutos. Agáchate, estúpido... vaya, ha caído.

—¿Lo han matado? —preguntaron tres voces jadeantes.

—¿Cómo voy a saberlo? —respondió él—. Los felinos han finalizado su tarea. Todos los caballos sin jinete están muertos o han huido ya: los calormenos ya no podrán utilizarlos para retirarse. Los felinos vuelven ahora a la batalla principal. Saltan sobre los hombres del ariete. El ariete ha caído. ¡Oh, bien! ¡Bien! Las puertas se abren desde el interior: va a haber una salida. Han salido los primeros tres. El rey Lune está en el centro, con los hermanos Dar y Darrin a cada lado. Detrás de ellos veo a Tran, Shar y Cole con su hermano Colin. Hay diez... veinte... casi treinta de ellos fuera ya. Están obligando a las filas calormenas a replegarse hacia ellos. El rey Edmund asesta unos mandobles maravillosos. Acaba de cercenar la cabeza de Corradin. Gran cantidad de calormenos han arrojado las armas y corren hacia los árboles, y los que siguen luchando están en apuros. Los gigantes se acercan por la derecha; los felinos por la izquierda; el rey Lune por la retaguardia. Los calormenos son sólo un pequeño grupo ahora, y pelean espalda con espalda. Tu tarkaan ha caído, Bree. Lune y Azrooh combaten mano a mano; parece que el rey va ganando... El rey se defiende bien... El rey ha vencido. Azrooh ha caído. El rey Edmund ha caído... No, se ha vuelto a levantar: pelea con Rabadash. Combaten a las puertas mismas del castillo. Varios calormenos se han rendido. Darrin ha matado a Ilgamuth. No puedo ver qué sucede con Rabadash. Creo que está muerto, recostado contra la muralla del castillo, pero no lo sé. Chlamash y el rey Edmund siguen peleando pero la batalla ha terminado en el resto del terreno. Chlamash se ha rendido. La batalla ha finalizado. Los calormenos han sido derrotados por completo.

Al caer de su caballo, Shasta se dio por muerto; pero los caballos, incluso en combate, patean menos a los seres humanos de lo que uno supondría. Tras unos diez minutos horribles Shasta advirtió de repente que ya no había caballos piafando cerca de él y que el ruido —pues seguían oyéndose todavía muchos ruidos— ya no era el de una batalla. Se sentó en el suelo y miró con atención a su alrededor. Ni siquiera él, a pesar de lo poco que sabía sobre batallas, tardó en comprender que los habitantes de Archenland y Narnia habían vencido. Los únicos calormenos vivos que veía estaban prisioneros, las puertas del castillo estaban abiertas de par en par, y el rey Lune y el rey Edmund se estrechaban las manos por encima del ariete. Del círculo de nobles y guerreros que los rodeaba surgió el sonido de una conversación jadeante y excitada, pero evidentemente alegre. Y luego, de repente, todo se juntó y creció hasta convertirse en una sonora carcajada.

Shasta se puso en pie, sintiéndose extrañamente rígido, y corrió en dirección al sonido para averiguar qué había provocado las risas. Un espectáculo sumamente curioso apareció ante sus ojos. El desdichado Rabadash parecía pender de las murallas del castillo. Los pies, que se encontraban a medio metro del suelo, pataleaban violentamente. La cota de malla había quedado enganchada más arriba, de modo que se le subía, ciñéndolo bajo los brazos una barbaridad y le cubría la mitad del rostro. De hecho, parecía que intentase ponerse una camisa almidonada demasiado pequeña para él. Hasta donde se pudo averiguar después —y puedes estar seguro de que la historia pasó de boca en boca durante muchos días— lo que sucedió fue algo parecido a esto: al principio de la batalla uno de los gigantes había intentado sin éxito asestar un pisotón a Rabadash con

239

la bota de clavos: sin éxito porque no aplastó al príncipe, que era lo que el gigante pretendía. No resultó una acción tan inútil porque uno de los clavos desgarró la cota de malla, del mismo modo que cualquiera de nosotros podría desgarrar una camisa corriente. Así pues, Rabadash, cuando se enfrentó a Edmund ante las puertas, tenía un agujero en la espalda de su malla protectora, y cuando Edmund lo obligó a retroceder más y más hacia la muralla, él saltó sobre un contrafuerte y permaneció allí descargando golpes sobre su adversario desde lo alto. Sin embargo, al darse cuenta de que aquella posición, al elevarlo por encima de las cabezas de todos los demás, lo convertía en un blanco para cualquier flecha de los arcos narnianos, decidió volver a saltar al suelo. Y su intención fue parecer espléndido y aterrador mientras saltaba —y sin duda por un momento fue así—. Mientras caía gritó: «¡El rayo de Tash cae desde las alturas!». Pero se vio obligado a saltar de lado debido a que la multitud colocada frente a él no le dejaba sitio para aterrizar en aquella dirección. Y entonces, del modo más limpio que se pueda desear, el desgarrón de la espalda de la cota de malla se enganchó en un saliente de la pared; en un gancho que en el pasado había sostenido un aro al que atar los caballos. Y allí se quedó el prín-

cipe, como una pieza de ropa tendida a secar, mientras todos se reían de él.

—¡Bájame, Edmund! —aulló Rabadash—. Bájame y pelea conmigo como un rey contra un hombre; o si eres demasiado cobarde para hacerlo, mátame al instante.

—Desde luego —empezó a decir el rey Edmund, pero el rey Lune lo interrumpió.

—Con el permiso de su majestad —dijo el rey Lune a Edmund—, no lo hagáis. —Luego se volvió hacia Rabadash y prosiguió—: Alteza real, si hubierais lanzado ese desafío hace una semana, os puedo asegurar que no habría habido nadie en los dominios del rey Edmund, desde el Sumo Monarca al ratón parlante más humilde, que lo hubiera rehusado. Pero al atacar nuestro castillo de Anvard en tiempo de paz sin enviar un desafío previo, habéis demostrado no ser un caballero, sino un traidor, y uno a quien debería azotar el verdugo en lugar de permitírsele cruzar su espada con ninguna persona honorable. Bajadlo, atadlo y conducidlo adentro, hasta que demos a conocer nuestra decisión.

Manos fuertes le arrancaron la espada a Rabadash y lo transportaron al interior del castillo, entre gritos, amenazas, maldiciones e incluso lloros. Pues aunque habría sido capaz de enfrentarse a la tortura no podía soportar ser puesto en ridículo. En Tashbaan todo el mundo lo había tomado siempre en serio.

En ese momento Corin corrió hacia Shasta, lo agarró de la mano y empezó a arrastrarlo en dirección al rey Lune.

—Aquí está, padre, aquí está —gritó Corin.

—Sí, y aquí estás tú también, por fin —dijo el rey en tono sumamente áspero—. Y has participado en la batalla, desobedeciendo totalmente las órdenes. ¡Un muchacho capaz de partirle el corazón a su padre! A tu edad, una vara sobre los calzones sería más apropiada que una espada en tu mano, ¡ja!

Sin embargo todos, incluido Corin, se daban cuenta de que el rey se sentía muy orgulloso de él.

—No lo reprendáis más, majestad, por favor —intervino lord Darrin—. Su alteza no sería vuestro hijo si no hubiera heredado vuestro carácter. Apenaría mucho más a su majestad si se lo tuviera que reprender por la falta opuesta.

—Bueno, bueno —refunfuñó el monarca—. Lo dejaremos pasar por esta vez. Y ahora...

Lo que sucedió a continuación sorprendió a Shasta tanto como cualquier otra cosa que le hubiera sucedido durante su vida. El rey Lune lo abrazó repentinamente con gran energía y tam-

bién lo besó en ambas mejillas. Luego el monarca lo dejó en el suelo y dijo:

—Permaneced aquí juntos, muchachos, y dejad que toda la corte os contemple. Alzad las cabezas. Ahora, caballeros, miradlos a los dos. ¿Tiene alguien alguna duda?

Y todavía Shasta siguió sin comprender por qué todos los miraban con asombro a él y a Corin, ni a cuento de qué venían todas aquellas aclamaciones.

CAPÍTULO 14

Bree se vuelve más sensato

Debemos regresar ahora junto a Aravis y los caballos. El ermitaño, mediante la contemplación de su estanque, pudo decirles que Shasta no había resultado muerto, ni siquiera gravemente herido, pues vio como se levantaba y el modo tan afectuoso en que lo saludaba el rey Lune. Pero puesto que únicamente podía ver, no oír, no sabía lo que decían y, una vez que finalizó la batalla y se iniciaron las conversaciones, ya no valía la pena seguir contemplando el estanque.

A la mañana siguiente, mientras el ermitaño se hallaba dentro de la casa, Aravis y los caballos discutieron qué debían hacer a continuación.

—Ya he tenido suficiente de esto —declaró Hwin—. El ermitaño ha sido muy bueno con nosotros y, desde luego, le estoy muy agradecida por todo. Sin embargo, estoy engordando igual que un poni doméstico, comiendo todo el día y sin hacer el menor ejercicio. Sigamos camino hasta Narnia.

—Hoy no, señora —dijo Bree—. Yo no apresuraría las cosas. Algún otro día, ¿no crees?

—Debemos ver a Shasta primero y despedirnos de él y... pedir disculpas —indicó Aravis.

—¡Exactamente! —asintió Bree con gran entusiasmo—. Justo lo que iba a decir.

—Desde luego —repuso Hwin—. Supongo que está en Anvard. Naturalmente pasaríamos a visitarlo y a decirle adiós. Pero eso nos viene de camino. Y ¿por qué no tendríamos que ponernos en marcha inmediatamente? Al fin y al cabo, ¡creía que era a Narnia adonde todos queríamos ir!

—Supongo que sí —dijo Aravis.

La muchacha empezaba a preguntarse qué haría exactamente cuando llegara allí, y se sentía un poco sola.

—Desde luego, desde luego —se apresuró a responder Bree—. Pero no hay necesidad de precipitar las cosas, si entendéis a qué me refiero.

—No, no entiendo a qué te refieres —indicó Hwin—. ¿Por qué no quieres ir?

—Hum, bru-ju —farfulló el caballo—. Bueno, no te das cuenta, señora mía..., es un acontecimiento importante..., eso de regresar a tu propio

país..., de entrar en sociedad... en la mejor sociedad... Resulta esencial causar una buena impresión... y no es que tengamos muy buen aspecto...
aún, ¿no es cierto?

Hwin prorrumpió en una carcajada equina.

—¡Lo dices por la cola, Bree! Ahora lo comprendo todo. ¡Quieres esperar hasta que te haya vuelto a crecer la cola! Pero si ni siquiera sabemos si
en Narnia se llevan las colas largas. ¡Realmente,
Bree, eres tan vanidoso como aquella tarkina de
Tashbaan!

—¡Qué tonto eres, Bree! —dijo Aravis.

—Por la Melena del León, tarkina, no soy tonto
—respondió él, indignado—. Siento el debido respeto por mí mismo y mis camaradas caballos, eso
es todo.

—Bree —dijo Aravis, que no estaba demasiado
interesada en el corte de su cola—, hace tiempo
que deseo preguntarte algo. ¿Por qué siempre
juras diciendo «Por el León» y «Por la Melena del
León»? Creía que odiabas a los leones.

—Así es —respondió él—. Pero cuando hablo
de «El León», desde luego me refiero a Aslan, el
gran libertador de Narnia que acabó con la bruja y
el invierno. Todos los narnianos juran por su
nombre.

—Pero ¿es un león?

—No, no, claro que no —respondió Bree en tono más bien escandalizado.

—Todas las historias que se cuentan de él en Tashbaan dicen que lo es —replicó ella—. Y ¿si no es un león por qué lo llamáis «león»?

—Bueno, difícilmente podrías entender eso a tu edad —dijo Bree—. Y yo no era más que un potrillo cuando me marché de modo que tampoco lo entiendo del todo.

Es importante que mencione que Bree estaba de espaldas a la pared verde mientras hablaba, y los otros dos estaban frente a él. El caballo se expresaba en un cierto tono de superioridad, con los ojos entrecerrados, y por ese motivo no vio el cambio en las expresiones de Hwin y Aravis. Ellos tenían un buen motivo para haberse quedado boquiabiertos y sin pestañear, porque mientras Bree hablaba vieron a un león enorme que saltaba desde el exterior y se colocaba en equilibrio en lo alto del verde muro; sólo que éste tenía un color amarillo más radiante y era más grande, hermoso e inquietante que cualquier otro león que hubieran visto nunca. Y el animal saltó inmediatamente al interior del recinto y empezó a aproximarse a Bree por detrás. No hacía el menor ruido, y tampoco Hwin ni Aravis podían emitir el menor sonido, pues estaban paralizadas.

—No dudo —prosiguió Bree— que cuando hablan de él como un león, sólo se refieren a que es fuerte como un león o, en lo que respecta a nuestros enemigos, claro está, tan fiero como un león. O algo parecido. Incluso una niña como tú, Aravis, tiene que comprender que resultaría absurdo suponer que es un león «auténtico». A decir verdad, resultaría irreverente. Si fuera un león tendría que ser una bestia igual que el resto de nosotros. ¡Vaya! —y en este punto Bree empezó a reír—. Si fuera un león tendría cuatro garras, y una cola, y ¡bigotes!... ¡Hiii, ooh, jo-jo! ¡Socorro!

Pues justo cuando dijo la palabra «bigotes» uno de los de Aslan le hizo cosquillas en la oreja. Bree salió disparado como una flecha al otro extremo del recinto y allí se dio la vuelta; la pared era demasiado alta para que pudiera saltarla y no podía seguir huyendo. Aravis y Hwin dieron un salto atrás. Hubo un segundo de intenso silencio.

Entonces Hwin, aunque temblaba de pies a cabeza, lanzó un curioso relincho ahogado, y trotó hasta el león.

—¡Qué hermoso eres! Puedes comerme si quieres. Prefiero que me devores tú a servir de alimento a cualquier otro.

—Queridísima hija —respondió Aslan, depositando un beso de león en el estremecido hocico aterciopelado de Hwin—. Ya sabía que no tardarías en venir a mí. Bienaventurada seas.

A continuación alzó la cabeza y dijo con voz sonora:

—Ahora, Bree, pobre caballo orgulloso y asustado, acércate. Más cerca, hijo mío. No tengas miedo de atreverte. Tócame. Olfatéame. Aquí están mis zarpas, aquí tienes mi cola, éstos son mis bigotes. Soy una auténtica bestia.

—Aslan —repuso Bree con voz estremecida—, perdona, soy estúpido.

—Afortunado el caballo que se da cuenta de eso mientras aún es joven. Y también el humano. Acércate, Aravis, hija mía. ¡Ves! Mis zarpas están almohadilladas. No recibirás arañazos en esta ocasión.

—¿En esta ocasión, señor?

—Fui yo quien te hirió —declaró Aslan—. Soy el único león con el que os habéis tropezado durante todos vuestros viajes. ¿Sabes por qué te herí?

—No, señor.

—Los arañazos de tu espalda, desgarrón a desgarrón, punzada a punzada, gota de sangre a gota de sangre, eran idénticos a los azotes dados en la espalda de la esclava de tu madrastra por culpa del sueño drogado que le provocaste. Era necesario que supieras qué se sentía al recibirlos.

—Sí, señor. Por favor...

—Pregunta, querida.

—¿Le sucederá algo más por culpa de lo que hice?

—Niña —dijo él—, te estoy contando tu historia, no la de ella. A cada uno le cuento su propia historia, y ninguna otra.

Sacudió entonces la melena y habló en tono más ligero:

—Alegraos, pequeños. Volveremos a encontrarnos pronto. Pero antes de eso tendréis otro visitante.

Dicho aquello se subió a lo alto de la pared de un salto y desapareció de su vista.

Curiosamente, ninguno de los tres se sintió inclinado a hablar con los otros después de que partiera. Todos marcharon con paso lento a distintos lugares del tranquilo césped y allí deambularon de un lado a otro, cada uno a solas, pensando.

Una media hora más tarde, los dos caballos fueron llamados a la parte posterior de la casa para comer algo delicioso que el ermitaño les había preparado, y Aravis, que seguía paseando mientras pensaba, se vio sobresaltada por el discordante sonido de una trompeta al otro lado de la puerta.

—¿Quién está ahí? —preguntó.

—Su alteza real el príncipe Cor de Archenland —respondió una voz desde el exterior.

Aravis corrió el pestillo y abrió la puerta, retrocediendo un poco para dejar pasar a los desconocidos.

Dos soldados con alabardas entraron primero y fueron a apostarse uno a cada lado de la entrada. A continuación les siguió un heraldo y un trompetero.

—Su alteza real el príncipe Cor de Archenland desea una audiencia con lady Aravis —dijo el heraldo.

Acto seguido él y el trompetero se apartaron e hicieron una reverencia, los soldados saludaron y el príncipe en persona entró. Todos los miembros de su séquito se retiraron y cerraron la puerta tras ellos.

El príncipe se inclinó, y lo cierto es que fue un saludo un tanto desmañado para ser un príncipe. Aravis hizo a su vez una reverencia según el estilo calormeno —que no se parece en absoluto al nuestro— y lo hizo a la perfección porque, desde luego, le habían enseñado a hacerla. Luego la niña alzó los ojos y vio qué clase de persona era aquel príncipe.

Vio un simple muchacho, con la cabeza descubierta y los cabellos rubios rodeados por un aro

muy fino de oro, apenas más grueso que un alambre. La túnica superior era de batista blanca, tan fina como un pañuelo, de modo que se transparentaba la túnica de intenso color rojo que llevaba debajo. La mano izquierda, que descansaba sobre la empuñadura esmaltada de su espada, estaba vendada.

Aravis lo miró dos veces al rostro antes de lanzar una exclamación de asombro y decir:

—¡Vaya! ¡Es Shasta!

Shasta enrojeció al instante y empezó a hablar muy de prisa.

—Oye, Aravis —dijo—, realmente espero que no creas que voy disfrazado así y con trompetero y todo eso, para intentar impresionarte o pretender que soy diferente o cualquier tontería de ésas. Porque habría preferido venir con mis viejas ropas, pero las han quemado, y mi padre dijo...

—¿Tu padre? —preguntó ella.

—Al parecer el rey Lune es mi padre —explicó Shasta—. Realmente debería haberlo adivinado, al ser Corin tan parecido a mí. Somos gemelos, sabes. Ah, y mi nombre no es Shasta, es Cor.

—Cor es un nombre más bonito que Shasta —observó Aravis.

—Los nombres de los hermanos van así en Archenland —dijo Shasta, o el príncipe Cor, como debemos llamarlo ahora—. Igual que Dar y Darrin, Cole y Colin y otros.

—Shasta... quiero decir, Cor —repuso Aravis—. No, no hables. Hay algo que tengo que decir inmediatamente. Siento haberme portado tan mal contigo. Pero cambié antes de saber que eras un príncipe, de verdad que lo hice: cuando diste la vuelta, y te enfrentaste al león.

—En realidad aquel león no iba a matarte —comentó Cor.

—Lo sé —dijo ella, asintiendo.

Ambos permanecieron muy quietos y solemnes por un momento mientras comprendían que el otro también conocía la existencia de Aslan.

De repente Aravis prestó atención a la mano vendada de Cor.

—¡Vaya! —exclamó—. ¡Lo olvidaba! Has estado en una batalla. ¿Te han herido?

—Un simple rasguño —respondió él, usando por vez primera un tono de voz ligeramente altivo; pero al cabo de un instante se echó a reír y prosiguió—: Si quieres saber la verdad, a esto no se le puede llamar herida. Sencillamente me despellejé los nudillos igual que le podría pasar a cualquier idiota torpe sin acercarse siquiera a una batalla.

—De todos modos estuviste en la batalla —dijo Aravis—. Debe de haber sido maravilloso.

—No se pareció en nada a lo que yo pensaba —replicó Cor.

—Pero Sha... Cor, quiero decir, no me has contado nada aún sobre cómo descubrió el rey Lune quién eras.

—Bien, sentémonos —indicó él—. Pues es una historia bastante larga. Y a propósito, mi padre es un tipo fantástico. Me habría alegrado igual, o casi, descubrir que era mi padre aunque no fuera rey. A pesar de que ahora tendré que enfrentarme a la educación y toda clase de cosas horribles. Pero, bueno, lo que tú quieres es oír el relato. Bien, Corin y yo somos gemelos. Y, al parecer, más o menos una semana después de nuestro nacimiento nos llevaron a un anciano centauro sabio de Narnia para que nos bendijera o algo así. Ahora bien, aquel centauro era un profeta, como lo son gran número de centauros. A lo mejor no has visto nunca un centauro... Había algunos en la batalla ayer. Son unos seres notables, pero no puedo decir que me sienta cómodo junto a ellos, al menos todavía. ¿Sabes, Aravis?, habrá una gran cantidad de cosas a las que tendremos que acostumbrarnos en estos países del norte.

—Sí, tienes razón —asintió ella—. Pero sigue con la historia.

—Bueno, en cuanto nos vio a Corin y a mí, parece que el centauro me miró y dijo: «Llegará un día en que este niño salvará Archenland del peor peligro que correrá jamás». De modo que, desde luego, mis padres se sintieron muy complacidos. Sin embargo, había alguien presente que no sintió lo mismo. Éste era un tipo llamado lord Bar, que antes había sido el lord canciller, y, al parecer, había hecho algo malo, *esfalcar* o una palabra parecida, no entendí muy bien esa parte, y mi padre había tenido que destituirlo. Pero no le hicieron nada más y se le permitió seguir viviendo en Archenland. De todos modos, debía de ser muy malvado, porque se descubrió más tarde que había estado al servicio del Tisroc y que había enviado gran cantidad de informaciones secretas a Tashbaan. Así pues en cuanto se enteró de que yo iba a salvar Archenland de un gran peligro decidió que era necesario hacerme desaparecer. Consiguió secuestrarme, no sé exactamente cómo, y cabalgó siguiendo el río Flecha Sinuosa hasta la costa. Lo tenía todo preparado y allí lo esperaba una nave tripulada por sus propios seguidores en la que zarpó conmigo a bordo. Mi padre se enteró, no obstante, aunque no a tiempo, y fue tras él tan rápido como pudo. Lord Bar estaba ya en alta mar cuando mi padre alcanzó la costa, pero el barco de lord Bar aún estaba a la vista; y mi padre se embarcó en uno de sus propios barcos de guerra en menos de veinte minutos.

»Sin duda fue una persecución magnífica. Siguieron el galeón de Bar durante seis días y se entabló combate al séptimo. Fue una gran batalla naval, según me explicaron detalladamente ayer por la tarde, que duró desde las diez de la mañana hasta la puesta del sol. Al final nuestra gente se apoderó del barco; pero yo no estaba allí. El mismo lord Bar había muerto en la batalla. Sin embargo, uno de sus hombres dijo que, a primeras horas de la mañana, tan pronto como comprendió que acabaría siendo alcanzado, Bar me había entregado a uno de sus caballeros y nos había hecho marchar a ambos en el bote de la nave. Y aquel bote jamás se encontró. Desde luego era el mismo bote que Aslan, que parece hallarse detrás de todos los relatos, empujó a tierra en el lugar oportuno para que Arsheesh me encontrara. Me gustaría saber el nombre de aquel caballero, ya que sin duda me mantuvo con vida y se dejó morir de hambre para conseguirlo.

—Supongo que Aslan diría que eso era parte de la historia de otra persona —dijo Aravis.

—Me olvidaba de eso —reconoció Cor.

—Y me pregunto cómo se desarrollará esa profecía —comentó Aravis—, y cuál será ese gran peligro del que tienes que salvar a Archenland.

—Bueno —respondió él con cierto embarazo—, al parecer, ellos creen que ya lo he hecho.

—¡Claro, por supuesto! —exclamó ella, dando una palmada—. ¡Qué tonta soy! ¡Es maravilloso! Archenland no estará jamás en un peligro mayor del que estaba cuando Rabadash cruzó el Flecha Sinuosa con sus doscientos jinetes y tú aún no

habías podido entregar tu mensaje. ¿No te sientes orgulloso?

—Creo que me siento un poco asustado —respondió Cor.

—Y ahora vivirás en Anvard —dijo ella con cierta melancolía.

—¡Ah! Casi había olvidado el motivo por el que vine. Mi padre quiere que vengas a vivir con nosotros. Dice que no ha habido ninguna dama en la corte, lo llaman la corte, no sé por qué, desde que murió mi madre. Hazlo, Aravis. Te gustará mi padre... y Corin. No son como yo; a ellos los han educado como corresponde. No tienes que temer que...

—Bueno, cállate —interrumpió ella—, o nos pelearemos de verdad. Claro que iré.

—Ahora vayamos a ver a los caballos —indicó Cor.

Tuvo lugar un reencuentro muy emotivo entre Bree y Cor, y Bree, que se hallaba aún en un estado de ánimo más bien abatido, aceptó partir en dirección a Anvard al momento: él y Hwin cruzarían a Narnia al día siguiente. Los cuatro se despidieron cariñosamente del ermitaño y prometieron volver a visitarlo muy pronto. A media mañana ya estaban en camino. Los caballos esperaban que Aravis y Cor los montaran, pero Cor explicó que excepto en tiempos de guerra, cuando todos debían hacer lo que hacían mejor, nadie en Narnia ni en Archenland soñaría jamás con montar a un caballo parlante.

Aquello volvió a recordar al pobre Bree lo poco que sabía sobre las costumbres narnianas y los terribles errores que podría cometer; por ese motivo, mientras Hwin avanzaba tranquilamente sumida en una feliz ensoñación, Bree se sentía más nervioso y cohibido a cada paso que daba.

—Anímate, Bree —dijo Cor—. Resulta mucho peor para mí que para ti. A ti no te van a «instruir». Yo tendré que aprender a leer y a escribir, estudiaré heráldica, baile, historia y música mientras que tú te dedicarás a galopar y revolcarte por las colinas de Narnia hasta que te canses.

—Pero ésa es la cuestión —gimió Bree—. ¿Se revuelcan los caballos parlantes? ¿Y si no lo hacen? No soportaría tener que dejarlo. ¿Qué crees tú, Hwin?

—Yo pienso revolcarme de todos modos —respondió la yegua—. Supongo que a ninguno de ellos les importa ni dos terrones de azúcar si uno se revuelca o no.

—¿Estamos cerca del castillo? —preguntó Bree a Cor.

—Está justo detrás del siguiente recodo —respondió el príncipe.

—Bien, pues voy a darme un buen revolcón ahora: tal vez sea el último. Esperadme un minuto.

Transcurrieron cinco minutos antes de que volviera a incorporarse, resoplando con fuerza y cubierto de trozos de helecho.

—Ahora estoy listo —anunció con una voz profundamente entristecida—. Condúcenos, príncipe Cor. ¡Narnia y el norte nos esperan!

Pero tenía más aspecto de un caballo dirigiéndose a un funeral que de un animal que tras un largo cautiverio regresa al hogar y a la libertad.

CAPÍTULO 15

Rabadash el Ridículo

El siguiente recodo de la calzada los sacó de entre los árboles y allí, al otro lado de verdes pastos, resguardado del viento del norte por un elevado risco cubierto de árboles situado a su espalda, vieron el castillo de Anvard. Era muy antiguo y estaba construido con una cálida piedra de un color marrón rojizo.

Antes de que llegaran a las puertas el rey Lune salió a recibirlos, totalmente distinto a la idea que tenía Aravis de un monarca y vestido con unas ropas viejísimas; pues acababa de hacer una visita a las perreras con su montero y sólo se había detenido un momento para lavarse las manos manchadas por los perros. No obstante, la reverencia que dedicó a Aravis mientras le besaba la mano habría sido digna de un emperador.

—Mi pequeña dama —saludó—, te damos de

todo corazón la bienvenida. Si mi querida esposa siguiera con vida te ofreceríamos un recibimiento más alegre aún pero desde luego no con mejor voluntad. Y lamento que hayas padecido desgracias y te hayas visto obligada a abandonar la casa de tu padre, lo que no puede ocasionarte más que pena. Mi hijo Cor me ha hablado de vuestras aventuras juntos y de tu valor.

—Fue él quien lo hizo todo, señor —respondió Aravis—. Pero ¡si hasta se abalanzó sobre un león para salvarme!

—¿Eh, qué es eso? —exclamó el rey Lune, iluminándosele el rostro—. No he oído esa parte de la historia.

Aravis lo contó entonces, y Cor, que había deseado ansiosamente que se conociera la historia, aunque sentía que no podía contarla él mismo, no disfrutó con ella tanto como había esperado, y en realidad se sintió más bien estúpido. Pero a su padre le encantó y durante el transcurso de las siguientes semanas la relató a tanta gente que Cor deseó que no hubiera sucedido nunca.

Entonces el rey se volvió hacia Hwin y Bree y se mostró tan educado con ellos como lo había sido con Aravis, haciéndoles también muchas preguntas sobre sus familias y el lugar donde habían vivido en Narnia antes de ser capturados. Los caballos se mostraron un tanto cohibidos pues todavía no estaban acostumbrados a que los humanos —humanos adultos, además— les hablaran como a iguales. Que Aravis y Cor lo hicieran no les importaba.

Al poco salió la reina Lucy del castillo para reunirse con ellos y el rey Lune dijo a Aravis:

—Querida, aquí tienes a una fiel amiga de nuestra casa, y se ha estado ocupando de que tus aposentos estén preparados para ti mejor de lo que podría haberlo hecho yo.

—Te gustaría ir a verlos, ¿verdad? —preguntó Lucy, besando a Aravis.

Se cayeron bien de inmediato y no tardaron en marcharse juntas para charlar sobre la habitación de la chiquilla y su saloncito privado, sobre cómo conseguir ropas para ella, y también sobre toda esa clase de cosas de las que hablan las muchachas en tales ocasiones.

Tras el almuerzo, que tomaron en la terraza, y que estuvo compuesto por fiambre de aves y empanada de carne, vino, pan y queso, el rey Lune arrugó la frente y lanzó un suspiro, diciendo:

—¡Ay! Todavía tenemos a ese infeliz Rabadash en nuestro poder, amigos míos, y no nos queda más remedio que decidir qué hacer con él.

Lucy estaba sentada a la derecha del rey y

Aravis a su izquierda. El rey Edmund ocupaba un extremo de la mesa y lord Darrin estaba colocado frente a él en el otro. Dar, Peridan, Cor y Corin estaban en el mismo lado del rey.

—Su majestad tendría todo el derecho a cortarle la cabeza —declaró Peridan—. Un ataque como el que llevó a cabo lo coloca al mismo nivel que los asesinos.

—Es muy cierto —dijo Edmund—; pero incluso un traidor puede enmendarse. Yo conocí a uno que lo hizo. —Y adoptó una expresión muy pensativa.

—Matar a Rabadash podría llevarnos a una guerra con el Tisroc —indicó Darrin.

—Me importa un comino el Tisroc —declaró el rey Lune—. Su fuerza está en el número y un ejército numeroso jamás cruzará el desierto. Sin embargo, no sirvo para matar hombres, ni siquiera traidores, a sangre fría. Si le hubiera rebanado la garganta en la batalla me habría quitado un peso de encima: pero esto es algo distinto.

—Mi consejo —dijo Lucy— es que su majestad vuelva a ponerlo a prueba. Dejadlo libre si hace la solemne promesa de actuar rectamente en el futuro. Tal vez mantenga su palabra.

—Tal vez también los monos se vuelvan honrados, hermana —dijo Edmund—. Pero, por el León, si la rompe otra vez, que sea en tal momento y lugar que cualquiera de nosotros le pueda arrancar la cabeza en combate limpio.

—Se probará —repuso el rey, y luego se dirigió a un miembro de su séquito—. Haz venir al prisionero, amigo mío.

Trajeron a Rabadash encadenado, y al contemplarlo cualquiera habría supuesto que había pasado la noche en un calabozo asqueroso sin comida ni bebida, cuando en realidad había estado encerrado en una habitación bastante cómoda y se le había facilitado una cena excelente. Sin embargo, como estaba demasiado enfurruñado para tocar la cena y había pasado toda la noche lanzando patadas, gritos y maldiciones, no tenía en absoluto el mejor de los aspectos.

—No es necesario decir a su alteza real —dijo el rey Lune— que según la ley de las naciones así como por todas las razones que rigen una política prudente, tenemos tanto derecho a vuestra cabeza como nunca lo ha tenido un hombre mortal sobre otro. Sin embargo, en consideración a vuestra juventud y la mala educación, despojada de toda gentileza y cortesía, que sin duda habéis recibido en el país de los esclavos y los tiranos, estamos dispuestos a poneros en libertad, ileso, bajo estas condiciones: primero, que...

—¡Maldito seas, perro bárbaro! —farfulló Rabadash—. ¿Acaso crees que escucharé siquiera
tus condiciones? ¡Fu! Hablas con mucha grandilo-
cuencia de educación y no sé qué otras cosas. Eso
es fácil hacerlo, ante un hombre encadenado, ¡ja!
Quítame estas repugnantes cadenas, dame una
espada, y que cualquiera de vosotros que se atre-
va discuta eso conmigo.

Casi todos los nobles se pusieron en pie de un
salto, y Corin gritó:

—¡Padre! ¿Puedo darle un sopapo? Por favor.

—¡Orden! ¡Majestades! ¡Nobles! —gritó el rey
Lune—. ¿Es que poseemos tan poco sentido de la
contención que dejamos que nos irrite la mofa
de un necio? Siéntate, Corin, o abandona la mesa. Pido a su alteza que escuche nuestras condiciones.

—Yo no escucho condiciones de bárbaros y
hechiceros —declaró Rabadash—. Que ni uno
solo de vosotros ose tocarme un pelo de la cabeza. Cada insulto que me habéis lanzado se pa-
gará con océanos de sangre de Narnia y de Archenland. Terrible será la venganza del Tisroc, tal
como están las cosas; pero matadme, y los incen-
dios y torturas en estas tierras del norte se con-
vertirán en un relato con el que aterrorizar al
mundo durante mil años. ¡Cuidado! ¡Cuida-

do! ¡Cuidado! ¡El rayo de Tash cae desde las alturas!

—Y ¿se engancha alguna vez en un saliente a mitad de camino? —preguntó Corin.

—Corin, debería darte vergüenza —lo reprendió el rey—. Jamás te burles de un hombre excepto cuando sea más fuerte que tú: entonces, haz lo que quieras.

—Ay, insensato Rabadash —suspiró Lucy.

Al cabo de un instante Cor se preguntó por qué todos los que estaban a la mesa se había puesto en pie y permanecían totalmente inmóviles. Desde luego, él hizo lo mismo. Y entonces comprendió el motivo. Aslan se hallaba entre ellos aunque nadie lo había visto llegar. Rabadash dio un salto cuando la inmensa figura del león empezó a pasear lentamente entre él y sus acusadores.

—Rabadash —dijo Aslan—, presta atención. Tu fin está muy próximo, pero todavía puedes evitarlo. Olvida tu orgullo, pues ¿qué posees de lo que puedas enorgullecerte? Despréndete de la cólera, pues ¿quién te ha hecho algo malo? Y acepta la clemencia de estos buenos reyes.

Entonces Rabadash puso los ojos en blanco y abrió la boca en una mueca horrible, como la de un tiburón, y movió las orejas arriba y abajo; algo que cualquiera puede aprender a hacer si se toma la molestia. Pero tal gesto siempre le había resultado muy eficaz en Calormen. Los más valientes habían temblado cuando había hecho esas muecas, la gente corriente se había arrojado al suelo y las personas sensibles a menudo habían perdido el conocimiento. No obstante, Rabadash no había tenido en cuenta que resulta muy fácil asustar a la gente que sabe que puedes hacer que la hiervan viva con sólo dar la orden. Las muecas no resultaron nada inquietantes en Archenland; en realidad Lucy sólo pensó que el príncipe iba a vomitar.

—¡Demonio! ¡Más que demonio! —aulló el prisionero—. Te conozco. Eres el diablo perverso de Narnia. Eres el enemigo de los dioses. Entérate de quién soy yo, horrible fantasma. Desciendo de Tash, el inexorable, el irresistible. Que la maldición de Tash caiga sobre ti. Rayos en forma de escorpiones descenderán sobre tu ser. Las montañas de Narnia serán reducidas a polvo. El...

—Ten cuidado, Rabadash —dijo Aslan con voz pausada—. Tu castigo está más cerca ahora: se encuentra ante la puerta, y acaba de levantar el pestillo.

—¡Que el cielo se desplome! —chilló el príncipe—. ¡Que la tierra se abra! ¡Que la sangre y el fuego arrasen el mundo! Pero ten por seguro que no desistiré jamás, hasta que haya arrastrado por los cabellos hasta mi palacio a la reina bárbara, esa hija de perros, esa...

—Ha sonado la hora —declaró Aslan: y Rabadash vio, ante su supremo horror, que todos se echaban a reír.

No podían evitarlo. Rabadash no había dejado de mover las orejas y en cuanto Aslan dijo: «¡Ha llegado la hora!», éstas empezaron a cambiar. Crecieron más largas y puntiagudas y no tardaron en quedar cubiertas de pelo gris. Y mientras todos se preguntaban dónde habían visto orejas parecidas, el rostro de Rabadash empezó a cambiar también. Se tornó más largo, y más grueso por la frente y con los ojos más grandes; la nariz se hundió en el rostro, o si no, fue el rostro el que se hinchó y se convirtió todo él en hocico, y el pelo lo cubrió por entero. Y los brazos se alargaron y descendieron ante él hasta que las manos quedaron apoyadas en el suelo: sólo que entonces no eran manos sino cascos. A continuación se encontró a cuatro patas, y sus ropas desaparecieron, y todos rieron más y más fuerte, incapaces de contenerse, porque en aquel momento lo que había sido Rabadash era, simplemente y sin la menor duda, un asno. Lo terrible fue que su habla duró sólo un instante más que su forma humana, de modo que cuando se dio cuenta del cambio que experimentaba, gritó:

—¡No, un asno, no! ¡Misericordia! Si al menos fuera un caballo... siquiera... un ca... hi... ha, hi ha.

Y sus palabras se desvanecieron en un rebuzno.

—Ahora escúchame, Rabadash —dijo Aslan—. La justicia se mezclará con la clemencia. No serás siempre un asno.

Al oír aquello, claro está, el asno movió las orejas al frente; y aquello resultó tan divertido también que todos rieron aún más. Intentaron no hacerlo, pero lo intentaron en vano.

—Has apelado a Tash —siguió Aslan—. Y en el templo de Tash te curarás. Debes colocarte ante su altar en Tashbaan durante la gran fiesta de otoño de este año y allí, a la vista de todo Tashbaan, tu forma de asno desaparecerá y todos reconocerán en ti al príncipe Rabadash. Pero mientras vivas, si en algún momento te alejas más de quince kilómetros del gran templo de Tashbaan volverás a convertirte al instante en lo que eres ahora. Y de ese segundo cambio ya no existirá marcha atrás.

Se produjo un corto silencio y luego todos se estremecieron e intercambiaron miradas como si despertaran de un sueño. Aslan había desaparecido; pero había un brillo en el aire y en la hierba, y una alegría en sus corazones, que les aseguraba que no se había tratado de un sueño: y además, allí estaba el asno, delante de todos ellos.

El rey Lune era el más bondadoso de los hombres y al ver a su enemigo en aquel lamentable estado olvidó toda su cólera.

—Alteza real —declaró—, me apena sinceramente que las cosas hayan llegado a este extremo. Su alteza es testigo de que no ha sido cosa nuestra. Y desde luego estaremos encantados de proporcionar a su alteza una nave con la que regresar a Tashbaan para el... ejem... tratamiento que ha prescrito Aslan. Disfrutaréis de todas las comodidades que la situación de su alteza permita: la mejor de las embarcaciones para ganado; las zanahorias y cardos más frescos...

Sin embargo, un ensordecedor rebuzno del asno y una certera patada a uno de los guardas dejó bien claro que aquellas amables ofertas no eran nada bien recibidas.

Y en este punto, para deshacernos de una vez de él, será mejor que ponga fin a la historia de Rabadash. Él, o más bien el asno, fue devuelto a su debido tiempo por barco a Tashbaan y conducido al interior del templo de Tash durante el gran festival de otoño, y allí volvió a convertirse en un hombre. Pero desde luego, cuatrocientas o quinientas personas habían visto la transformación y el asunto no podía ser silenciado de ningún modo, y tras la muerte del Tisroc cuando Rabadash fue nombrado Tisroc en su lugar, el príncipe se convirtió en el gobernante más pacífico que Calormen había conocido. Eso se debió a que, no atreviéndose a alejarse más de quince kilómetros de Tashbaan, no podía ir en persona a ninguna guerra: y no quería que sus tarkaanes obtuvieran fama en las batallas a sus expensas, pues así era como se derrocaba a los Tisrocs. De todos modos, aunque sus motivos fueran egoístas, aquello hizo las cosas mucho mejores para todos los países más pequeños que rodeaban Calormen. Sus propios súbditos tampoco olvidaron jamás que había sido un asno. Durante su reinado, y delante de él, lo llamaban Rabadash el Conciliador, pero tras su muerte y también a sus espaldas lo llamaban Rabadash el Ridículo, y si se lo busca en un buen libro de historia de Calormen —puedes probar en la biblioteca local—, aparecerá bajo ese nombre. E incluso hoy en día, en las escuelas de Calormen, si alguien hace algo extraordinariamente estúpido, lo más probable es que digan que es «un segundo Rabadash».

Entretanto, en Anvard todos estaban muy sa-
tisfechos de haberse librado de él antes de que
diera comienzo la auténtica diversión, que fue un
gran banquete celebrado aquella noche en el césped frente al castillo, con docenas de faroles para
ayudar a la luz de la luna. Corrió el vino, se rela-
taron historias y se contaron chistes, y luego se
hizo el silencio y el poeta del rey, junto con dos
violinistas, fue a colocarse en el centro del círculo. Aravis y Cor se dispusieron a aburrirse, pues
la única poesía que conocían era la de Calormen,
y es bien sabido cómo era. Sin embargo, con el
primer rasgueo de los violines pareció dispararse
un cohete en el interior de sus cabezas, y el poeta
entonó la antigua y magnífica endecha del Rubio
Olvin y el modo en que peleó contra el gigante Pire
y lo convirtió en piedra, dando origen al Monte
Pire —se trataba de un gigante de dos cabezas—,
y obtuvo a lady Liln por esposa; y cuando terminó desearon que volviera a empezar otra vez. Y si
bien no sabía cantar, Bree les contó la historia
de la batalla de Zulindreh. Y Lucy volvió a contar
—todos, excepto Aravis y Cor, lo habían escuchado muchas veces, pero todos deseaban oírlo otra
vez— *La historia del armario* y cómo ella, el rey
Edmund, la reina Susan y Peter, el Sumo Monarca, habían llegado por vez primera a Narnia.

Y al cabo de un rato, como siempre acaba por suceder tarde o temprano, el rey Lune dijo que ya era hora de que los más jóvenes se fueran a dormir.

—Y mañana, Cor —añadió—, recorrerás todo el castillo conmigo y visitarás el territorio, y te señalaré sus puntos fuertes y débiles: pues será todo tuyo para protegerlo cuando yo ya no esté.

—Pero entonces Corin será el rey, padre —dijo Cor.

—No, muchacho —dijo el monarca—, tú eres el heredero. La corona te pertenece a ti.

—Pero no la quiero —protestó Cor—. Yo preferiría...

—No es cuestión de lo que tú quieras, Cor, ni tampoco de lo que yo quiera. Así es como funciona la ley.

—Pero si somos gemelos debemos de tener la misma edad.

—No —respondió el rey con una carcajada—; uno nació primero. Eres veinte minutos completos mayor que Corin. Y más de fiar que él, espero, aunque eso no supone gran esfuerzo. —Y miró a Corin con un centelleo en los ojos.

—Pero, padre, ¿tú no puedes nombrar a quien quieras como siguiente rey?

—No. El rey debe someterse a la ley, pues es la ley la que lo convierte en monarca. Te resultará tan imposible apartarte de tu corona como a cualquier centinela abandonar su puesto.

—Oh, cielos —exclamó él—. Pero ¡no la quiero! Y Corin... lo siento terriblemente. Jamás pensé que mi vuelta fuera a escamotearte el reino.

—¡Hurra! ¡Hurra! —gritó Corin—. ¡No tendré que ser rey! ¡No tendré que ser rey! Seré siempre un príncipe, y los príncipes son los que disfrutan de toda la diversión.

—Y eso es más cierto de lo que piensa tu hermano, Cor —dijo el rey Lune—. Pues escucha lo que significa ser rey: ser el primero en cada ataque desesperado y el último en toda retirada desesperada, y cuando el país pasa hambre, como sucede siempre en los años malos, lucir las ropas más elegantes y reír más alegremente ante la comida más parca que la de cualquier otro hombre de tu país.

Cuando los dos muchachos subían a acostarse Cor volvió a preguntar a Corin si no podía hacerse nada al respecto, y su gemelo respondió:

—Si vuelves a mencionarlo, te... te derribaré de un puñetazo.

Resultaría agradable finalizar el relato diciendo que tras aquello los dos hermanos jamás volvieron a pelear por nada, pero me temo que eso no sería verdad. En realidad discutieron y pelearon casi tan a menudo como lo harían otros muchachos cualquiera, y todas sus peleas finalizaron, si es que no empezaban así, con Cor siendo derribado de un puñetazo. Pues aunque, cuando los dos crecieron y se convirtieron en espadachines, Cor resultaba el más peligroso en combate, ni él ni nadie en todos los países del norte consiguió jamás igualar a Corin como boxeador. Así fue como consiguió su sobrenombre de Corin Puño de Trueno y como llevó a cabo su gran hazaña contra el Oso Retrógrado del Corazón de la Tormenta, que en realidad era un oso parlante que había vuelto a las costumbres de los osos salvajes. Corin escaló hasta su madriguera en el lado narniano de la montaña un día de invierno, cuando la nieve cubría las colinas y peleó con él sin un cronómetro durante treinta y tres asaltos. Y al final el oso ya no veía nada y se convirtió en un individuo reformado.

Aravis también tuvo muchas discusiones (y me temo que también muchas peleas) con Cor, pero siempre terminaban haciendo las paces: así que años más tarde, cuando eran mayores, estaban tan acostumbrados a discutir y a volver a ser amigos que se casaron para poder seguir haciéndolo de un modo más cómodo. Tras la muerte del rey Lune se convirtieron en buenos monarcas de Archenland, y Ram el Magno, el más famoso de todos los reyes de Archenland, fue su hijo. Bree y Hwin vivieron felizmente hasta una edad muy avanzada en Narnia y ambos se casaron aunque no entre sí. Y no pasaban muchos meses sin que uno o los dos cruzaran al trote el desfiladero para visitar a sus amigos en Anvard.

El príncipe Caspian

Muy abatidos, los niños Pevensie aguardan en la estación de ferrocarril el tren que los llevará de vuelta a la escuela. De repente Lucy siente que tiran de ella, luego le sucede lo mismo a Edmund, y al cabo de un minuto les llega el turno a Peter y a Susan. En un periquete la estación ha desaparecido, y se encuentran en el interior de un frondoso bosque cerca del mar, cerca de las ruinas de su antiguo castillo, Cair Paravel. Están de vuelta en el mágico país de Narnia, donde tan felices fueron cuando gobernaban como reyes y reinas en *El león, la bruja y el armario*.

Pero algo no anda nada bien allí. Su espléndido castillo está en ruinas y todo aparece extrañamente silencioso y vacío. Con la alarmante aparición del enano, averiguan cuál ha sido el triste destino acaecido a Narnia. La guerra civil está destruyendo el país, mientras el valeroso príncipe Caspian, tras descubrir lo malvado que es su tío el rey Miraz, intenta recuperar el reino que le pertenece por derecho. Pero Caspian necesita ayuda y, ayudados por el consejo de *Aslan*, los niños aceptan el reto de salvar Narnia y devolverle la libertad y felicidad perdidas hace tanto tiempo.

Ésta es la cuarta aventura de las excitantes
Las crónicas de Narnia

Títulos publicados en

El sobrino del mago
El león, la bruja y el armario
El caballo y el muchacho
El príncipe Caspian
La travesía del *Viajero del Alba*
La silla de plata
La última batalla

ESTA EDICIÓN DE
El caballo y el muchacho
SE ACABÓ DE IMPRIMIR
EN LOS TALLERES
DE CAYFOSA QUEBECOR,
BARCELONA.